李敖著

近代詩選介

臺灣商務印書館發行

再版序

二十年前，兩岸阻隔。近代詩文集，於坊間難得一見。余治詩有年，頗留意於此。乃從公私收藏，海外館庫，查訪影印，得近百種。擇其尤著者，於《中華詩學》月介一篇，並述作者略歷及其詩派，間亦加評隲，積三十篇。時王雲老尚健在，爲輯入商務印書館人人文庫中。意在存茲涓滴，使治文史同人，可便翻檢，且亦古人存詩存人之意焉。年來兩岸郵書已便。老友錢仲聯先生于近十年中成《清詩紀事》及《近代詩鈔》兩鉅著。前者收詩作者五千餘家、書爲二十四册，後者選錄一百家，而所收每人詩作，則較紀事爲多，且有評介。蓋其居鄉國數十年，留心詩事，自壯而耄，更有弟子輩爲之助，成茲偉業。以視余書，藐乎小矣。雖然杯勺之水，來自江河。余之所收，間有錢書所未及者。天地妙文、能傳總好。手茲一編，窺其大概，亦殊簡便，且亦雲老之初意也，再版有日、書記數語。

中華民國八十三年十二月中澣八十一叟李猷書

自序

《中華詩學》之發刊也，君左社長，囑余寫稿，甚難其題。初，余於四十三年來臺，屢勸吳兄萬谷創寫詩話，將古今佳作，介于讀者，而萬谷卒謙不從事。適《傳記文學》亦倡寫近人掌故。因思如何以傳記、詩話、原作品三者合而爲一，必有以饜讀者之望。不揣譾陋，就客中所存師友遺集，擇而言之，此秋齋雜識之所由作也。月有程課，積之兩年有半，凡三十篇。而俗務鞅掌，漸以爲苦，因言於君左，俾余小休。而友人相許以爲選擇得當，而所評介，尤據事實，頗可使後起者，熟知同光、光宣及民國初年一般詩作之概貌，且以余不克續寫爲憾。余惟中華文化，正待弘揚，吾人宜如何珍惜寸陰，從事古籍之探討，求有裨補于萬一。然寫此三十篇時，或溽暑鬱蒸，或沍寒凜冽。披擇迻錄，手胝神勞。覆瓿之文，雞肋之什，例應割棄，未免有情，爰加釐訂，以付印行，正其名曰《近代詩介》。兼記始末云爾。

中華民國六十一年三月常熟李猷嘉有甫識

《近代詩選介》

目錄

金松岑先生之詩與文

吳江金天翮氏，字松岑，號鶴望，後更名天羽。畢業南菁書院，歷任教職，爲南社健將。民國二十年間，在蘇州設立國學會，舉先師張仲仁先生一馨爲會長。松岑先生，及章太炎先生，及一時學者均在會中。余是時亦因錢希晉兄之介，獲謁先生於蘇州之濂溪坊寓邸。先生長身玉立而近視甚深。閱余詩文之後，甚爲器重。示以讀書之法，並云宜致力於後漢書，遂以架上自讀之後漢書數册，舉以相借。囑攜歸讀後，再赴蘇時掉換。此後經常通信，寄去詩文，時承改削。提挈之感，至今猶念念不忘焉。今年春，承邵鏡人教授，贈余《天放樓文言附詩集》一册。如獲重侍先生，蓋當年初見之時，即舉以相贈者也。尚有續文言，及詩續集未見印入，不免憾事。蓋詩續集中，尚有贈先君楞伽公柏粱體詩一首，其詩因先生求先君畫花鳥走獸屏四幅。而贈古詩爲謝。詩甚工，而先君之畫，亦爲余自幼至弱冠時，所僅見之大件。兩度浩劫，今恐澘泯矣，思之黯然。先生之文，淵源兩漢，晚年致力莊、列。曾告余：「我文章近力求擺脫規格，應從莊子中擷取變化之精神。」囑讀其近作，有無變化，故其晚年之作，多變幻無窮，而此文言中之文，則淵茂有金石氣，色澤與力量均佳。經句細讀，其〈翼莊〉一篇，用字錬句，純仿莊子。而氣盛言宜，較太炎先生文易讀，易爲讀者所接受。其西漢名賢贊，典雅凝重，置諸兩漢書中，可無分彼此。此先生中年用力之作也，余極愛誦之。其文曰：

周宗既夷，嬴劉更造。雄王雌霸，過跡如掃。考文稽獻，貞軌誰紹。扶明大業，參括典奧。武德威戎，文思絢道。矜立名節，耿此光耀。以弘漢京，往篆是寶。子房好禮，弱冠東游。韓亡奮袂，韜秘是抽。椎喪龍魄，箸爲漢籌。談笑制敵，神觀燭幽。飲和辟穀，遺謝榮休。師松拜石，素風益遒。（張良）。董生明道，楷式儒林。精推理數，消息陽陰。下帷講誦，識周孔心，天人三策，弁冕古今，六藝張王，百家遂喑。鳳噦依桐，螢燭避樳。（董仲舒）。藩王失教，越禮叢愆，被服儒術，首數河間。東家六郡，秦火爲煙。壁藏塚瘞，旁求墮編。緹油茵靄，好寫嫚娟。中朝延閣，望之若僊。禮綴車工，樂獻鐘懸。三雍奏對，詔曰王賢。（河間獻王德）。黃生論道，校之史談，檢括流略，詘孔企聃。歲晚更術，病漢周南。思續麟經，詔子誧誧。遷生龍門，世典策府。問故安國，講學齊魯。五百名世，昌期難睹。小雅巷伯，誹辭哀楚。文章巨手，左莊是伍。史官短憲，守此堂戶。（司馬遷）。丁生事項，託跡廝養。易通田何，妙符玄賞。遊粱宦達，材稱冠軍。東格吳楚，壯武柔文。攄闡聖秘，憲勵戎勳。儒冠將略。足魁其倫。（丁寬）。終童秀發，入關乘傳。建節東來，關尹識面。請師單于，抗聲上殿。蹄林走馬，高闕揚劍，忠槩憤發，九重稱善。佗裔反側，王號猶僭。掉舌三寸，長纓來獻。青蓋方張，霜刃遽剸。傳芭嶠嶺，國殤用殮。（終軍）。漢胡未輯，留使相當。子卿啣命，單車北荒。垂餌虎口，挺身劍鋩。厲氣明目，音咳雷硠。吞旃嚙雪，不絕吾吭。仗節乳羝，冰天茫茫。節毛既落，刀環定撫。一十九年，漢來求武，上林雁帛，詭辭脅虜。支離皮骨，重履漢土。一牢告廟，反命於祖。其節可貞，誰謂荼苦。（蘇武）。秺侯貴種，本自休屠。破巢南徙，龍媒困芻。忠結主知，奉轡直廬。拜畫思親，惡淫殺雛。林光靖變，縛莽捽胡。推賢讓封，謙謹而虛。威重抱節，初終弗渝。豈伊種人，庶幾吾儒（金日磾）。漢多名將，赫赫臨戎。營平深算，策羌有功。羌豪作約，玁狁是通。河湟遮杜，計弗克攻。將軍受鉞，金鼓以節。徐以度陿，批吭挫蘖。宣上恩德，渙其約結。虜乃崩潰，斬獻梟桀。屯師蓄穀，無抗王卒。善戰攻心，是謂武烈。（趙充國）。子明威略，系出馮唐。經法明習，肄於戎行。衛侯西征，莎車畔強。矯發邊卒，誅其名王。功不得侯，用進椒房。父子行高，翕聲朝堂。子習一經，軒采騰芳。吉甫文武，萬民之望。（馮奉世及子野王等四人）。廬江儒雅，來尹於蜀。蠶叢故居，夷風猶朔。乃甄才史，春官受讀。蒐首肄射，鴞音訂樂。歲時行部，高材侍轂。文章間氣，洒山苞湊。揚馬遂興，天衢騁足。（文翁）。二疏閑靡，青宮是傅。諭教聖善，毗濟王度。宦成名達，挂冠並去。公卿帳飲，河梁日暮。歸讌賓客，賣金供具。力田逢年，子孫優裕。財多損智，隕我門素。高情達識，丹青永慕。（疏廣疏受）。君平老蜀，賣卜橋亭。天心寄易，其感在冥。耆蔡安靈，忠孝是程。百錢閉肆，下簾誦經（嚴君平）。子真谷口，耕於巖石。元舅弓招，經鋤未釋。父老堯禹，安知姦慝。跡閟林坰，身棲巷陌。（鄭子真）。二子遯世，蘊櫝藏寶。匪石爲心，寒松比操。沈冥撫莊，希夷儕老。扶風班嗣，修儒崇道。不覬驕餌，厭聞世巧。淵度汪汪，沖襟浩浩。（班嗣）。儒林清德，曰邴曼容。名翳卑秩，業高華嵩。忍饑演易，彈琴詠風。思純體約，林薈川沖。勢榮不加，開卷如逢。東京叔度，迢遙繼蹤。（邴丹）。史紀賢后，上官式殊。父萌逆節，幼不同辜。娥英未笄，重華已殂。三五月缺，委裘撫孤。嗣王不惠，桐棺將徂。后出臨軒，甲帳珠襦。期門陛戟，羣臣奏書。疏王過失，后乃曰吁。音吐威毅，協於羣謨。昌邑用廢，漢祚以扶。惟漢女寵，驕雉佚燕。亦有才淑，班妤馮媛。后以貞素，受經北面。髣髴官家，臨御講殿。尚書夏侯，通習經傳。師喪行服，彤史罕見。共姜鄧曼，庶幾其選。（孝昭后上官氏）。平后貞烈，上官齊賢。繩聲干位，命絕於天。椒酒蘊毒，蓀華閑妍。豈聞國母，更柱易絃。函谷東開，小白頭懸。兵摧郿塢，烽燭甘泉。慷慨蹈火，化爲非煙。崑岡碎玉，義不瓦全。（孝平后王氏）。東京風教，儁哲駢羅。懸黎照乘，應龍騰波。蘭芳谷澤，檜挺巖阿。秉兹六藝，協彼四科。詎知衆賢，實導先河。矯風立節，自古云難。懷賢篤當，唯有咏歎。扣冥聲寂，獵蠹芬殘。百靈拱揖，會我筆端。孝堂影秘，魯殿灰寒。翰歌墨涕，非娛悅聲。

先生此文，神完氣足，其沈浸於兩漢書者深矣。集中古文，大多不肯平凡。讀書既多，又有足夠筆力以使之，近人已難有此造詣矣。此外古文多篇，仍以韓蘇爲近，當接近陽湖派。尤與惲子居相近。然反較子居爲華美剛健。此文章之不同，亦各如其面，不可能完全相同也。先生晚年，曾一往安徽，主修《安徽通志》。猶時通函。洎抗戰軍興，余隨交行撤至漢皋。及翌年送老父回滬。曾在上海二馬路大陸商場樓上東吳大學宿舍一晤，斗室繩床，僅可容膝。意興亦漸衰矣。其後一別，始終未見，追懷長德，數十年矣。

先生之詩，沈浸穠郁。以此氣勢磅礴，就其蹤跡而言。早年或曾希蹤定盦，仍不免有趁才使氣之致。及其中年，含蘊較深，高明博厚，所作古詩多而近體少。古詩中七言多而五言少。七言中則柏梁體爲多。古錦斑斕，光輝內蘊，真不易及也。

先生詩集，葉德輝氏序之，謂「金君詩格調近高岑，骨氣兼李杜。卑者不失爲遺山道園。」又曰：「金君詩皆千錘百鍊而成，讀之極妥貼，造之極艱辛。」皆確論也。玆選詩若干首於後。

春曉謠

紅豆花殘鷓鴣泣。翦翦細梅怨青實。東風薄暮緊添寒，獨索薰篝理蕭瑟。瑣窗不見黃月鉤，好夢將行畫簾窄。燈花多事費商量，一雙燕子心明白。

海軍行樂詞

海天風送鸛鵝羣，大漢龍旗掣曉雲。新樣頭銜驚海若，相公管領水犀軍。
津風笳鼓上春潮，高艦輪囷比麗譙。說到巡洋天盡處，仁川東望海程遙。

金陵懷古

金川門外柳絲長，江抱城樓瞰夕陽。百道風帆下荊楚，千年畫棟失齊粱。景陽井甃苔紋古，天壐碑殘墨瀋香。聞說海棠天下最，願乘蹇衛訪清涼。
臺城風急紙鳶飛，水漲秦淮綠正肥。燈上湖樓看畫舫，車過窮巷識烏衣。西州惆悵吟華屋，北極登臨弄翠微。莫道偏安江左慣，昇州還作帝王畿。

龍虎江山感廢興，九朝哀史莽難勝。騊駼日暮來京口，薺麥春花上孝陵。天險由來誤人國，地靈從古產高僧。讀書種子今安在，木末亭荒試一登。

雞鳴山頂塌浮屠，十廟功臣俎豆無。一自洪楊開劫運，再令湘楚建雄圖。英雄力盡孤城在，竹帛勳留萬骨枯。遺像不登麟閣去，鬚眉淵映莫愁湖。

北固山

開府南徐重，名山北固高。長江此天塹，閱世幾人豪。鐘落千山暮，神來萬馬號。孫劉成底事，莽莽送寒濤。

今日潮生日，江南大地秋。石帆樓上望，隱隱見揚州。雲物開千里，江淮鎖一漚。中原豈無事，長想莫橫流。

嗣從香港大學馮平山圖書館，託人影印得《天放樓詩》若干頁。其中詩雖不多，卻是先生中年功力最純時之作。茲再錄介若干章如後。

棲賢三峽橋

古來瞿塘峽，乃是絕壁錮。江流匯三巴，嚙咬成瀑布。萬歲石磨沏，坼罅崇墉仆。湯湯走夷陵，泱盪生駭怖。云何三峽澗，不借繩行度。我下合鄱嶺。策杖窘危步。速山走波浪，腳底春淙怒。九十九水源，齊向棲賢赴。棲賢澗谷窄，喉吻澀傾吐。銀虬與素蛟，叱咤風雷護。拔扃思脫隘，劍盾當闢露。哮怒洩不平，似勸山靈助。噴波濺兩崖，沙滑綴白鷺，平梁石侹侹，行人去不顧。過橋逢六泉，招隱嘉名訴（六泉一名松隱泉。）。風爐呼煮茗，一洗煙霞痼。

題武進謝玉岑覲虞青山草堂鬻書圖

書不成乞米帖、文不抵諛墓金。催租舸中擁鼻吟，天寒地凍硯田濕。餓對青山數歸翼。歸翼傳來江上書，謝郎玉貌仙骨癯。八分草隸妙當世，渴吻思酒無錢沽。一縑一字非夸謾。縕袍幾尺能掩骭。策勳先酹管城子，休惜草堂戶限斷。瘦吟展畫驚歲闌，謝家長物有青山。

上元後八日，晉臣韋齋雪灘復庭宙民賓秋若玄及余設宴冷香閣至者十有九人賦詩徵詠。

垂楊拂水酒生鱗，高閣梅開又一春。矜寵花神憑好事，招邀詞客賽良辰。鶯啼茂苑催芳序，馬踏山塘播麴塵。追溯舒鐵雲王仲瞿前度跡，風流掌故百年陳。

荒邱塔影俯人寰，榛莽峰巔我自刪。彈指一聲湧樓閣，稱心三面對湖山。冷吟句自廊腰索，暖飲春從盞底還。三百癯仙清到骨，可能留鶴伴蕭閑。

春來凍雨損年芳，嫩萼披晴出曉粧。藐姑神人潔冰雪，逋仙處士傲侯王。停琴佇遠人同韻，拂素傳神月有香。怪爾山靈夜移檄，道迴俗客迓詩狂。

春城笳鼓破寒煙，似說今年勝去年。伏檻高宜遠塵劫，擁花危與占江天。脫巾人禮生公石，抱甕僧尋陸羽泉。幾个拏舟鄧尉去，荒山破寺少流連。

題嫁杏圖

古長慶里迂瑣詞人之宅，杏花二月如繡。余方徙居新橋巷，曛谷爲圖此花，以代移植。余顧之曰嫁杏，索迂瑣及諸詩友同咏。

我言看花屋宜借，髯言客去花隨嫁。三春宅硯問迂瑣，海棠辛夷互開謝。就中紅杏顯標格。細賞但覺春無價。朝吟夕醉與矜寵，花時仍速迂瑣駕。紅稀綠茂杏子熟，珍貴往往裹羅帊。春風吹花無揀擇，新居又傍紫藤榭。（蘅裳宅有紫藤）回顧此杏色慘沮，背花生被老髯詫。一日車聲傳薄笨，琴劍書函依次卸，開函失喜睹姝簾，髣髴東皇詔旨下。窺簾靜對鶯燕裳，秉燭嬾游桃李夜。嫁得詩人何清寂、較勝嬋娟閉空舍。我老禪心久沾絮，綺障拼挨佛祖罵。但求迂瑣脫追騎，移舟夜壑我何怕，買紅纏缸邀共醉，花韻宜人滴新醡。

以上對先生之詩，可謂嘗鼎一臠，雖續得其詩，選錄若干首，仍未能窺其全貌也。然大體神貌已具此若干章矣。

余學作古文，受先生之教甚多。提挈後進之心，尤極殷切。是時余甫十八九耳。先生許以可造，一日余造蘇州。先生曰，今夕可來與宴。且得謁太炎先生及石遺老人，太炎先生詔余。讀書宜先求識字。石遺老人勸余勿從詩中求詩。此兩老人語，當時初覺泛泛。及今思之，真是畢生受用不盡。足見老輩待後生，無不以經驗之談，昭示後學。而先生於余尤摯，當時曾擬詩壇點將錄，將賤名引爲小溫侯。亦隱寓親近的學生之意。卅年戰亂，耆宿凋零，讀書念舊，感念何極。昔年爲先生作傳之願，前數年應國史館之命，爲先生寫成一篇，亦可以報答于萬一也。

常熟言仲遠先生敦源之兟莊詩文存

余幼時每年春秋，侍先父辦理祭祀西城關岳廟事。每見殿中大匾，係言敦源所書，彼時知為中朝大官，不在家鄉而已，初不知其擅詩文也。及三十八年避難至港，獲識哲嗣鎔甫先生於大華行梯次，忽忽二十年矣。來臺後鎔甫先生雖來一遊，匆匆一晤，未及深談，不知其先德有此集也。客歲歲莫，往友人齋中，承詢我言公事跡，亟告之，且馳函鎔甫先生索取是集。因封面改裝，遲遲始到，印刷極精，為近二十年所印家詩文集之冠，非若遷臺早期棉紙石印之拙劣也。

余於吾邑老輩，因家庭關係，十九親炙。言公仲遠，以久居津門，甚尠南返，從未見過。在常之言氏學者，如調甫丈等，亦熟識數人，調甫亦曾為余師翁先生代課亦有師誼也。

言公詩文計分兩册，詩曰，喁于館詩草，上下卷，上卷為言公之詩，下卷為其德配丁夫人之詩、續草、南行紀事詩、補遺，五部份，文則未加整理，仍其次序，亦可略闚作者之時代也。

言公為先賢言子八十一世孫，少時嗜學，尤潛心世務，吾邑翁文恭公校士國子監，見公文字而亟稱之，然屢赴鄉試不售，以知友之薦，往小站參新軍幕府，遂獲袁項城所深知，積勞累保道員，改署總兵官，繼任直督咸加推重，由典軍熱河，迴翔監司，駸向大用，辛亥革命，調德州製造局總辦，旋簡直隸巡警道，又擢長蘆鹽運使。民國元年，授內務部次長，二年，代理總長，旋謝病去。居住天津，吟咏自適。公詩文，當時雖不甚馳名，然功力深粹，依然同光格局。昔年天津《國聞周報》，《采風錄》，似未見公詩，石遺老人近代詩鈔，似亦未見，因公在清季任軍職後，與平滬遺老甚少倡和也。兹介其古近體詩若干首如後，以見當年老輩不以吟咏著名者，而功力如此之深粹焉。

題手寫張亨甫詩集

贊皇邈矣更江陵，盪氣迴腸萬感增。憂豈傷人關利濟，貧原非病奈磅硠。文章憎命夷馮衍，生死交情救范升。干鏌鋒鋩呼欲出，宵來百徧味青燈。

書裝玳瑁筆琉璃，闒輩三湘峻九嶷。求古人非文字內，任天下在秀才時。中年哀樂酸鹹味，少作風華甕臼辭。笑煞涔蹄供覆瓿，望洋終覺水難爲。

憶蟹

菊酒蘇州夢未安，詩成何處易尖團。敢增水族加恩簿，絕少門生議食單。馮煖無魚緣作客，錢昆有蟹願求官。狂奴爾雅箋雖熟，筌裏青梅止渴難。

紅葉

分來塞上胭脂色，染出林端一抹紅。省識化工辛苦處，幾番霜露幾番風。

晚來

晚來坐見日輪大，風至先聞樹葉鳴。此是關河親閱歷，春秋佳日付勞生。

新城道中苦寒

戍鼓寒雞雜驛亭，槐柯蟻夢共勞形。論才亦許談兵略，占命多緣入客星。初日烘雲成散綺，遙天合凍變寒青。家人不解風霜苦，歸去從容說與聽。

東來

東來海氣接天青，伏雨闌風雨不停。容易一年逢七夕，慣從獨客看雙星。空幃旅夢侵單枕，短燭秋光上畫屏。一樣高飛毛羽小，低徊牆角起流螢。

血淚

血淚難回骨肉寒，揭來烽火照長安。全家瓦解居無定，渴葬碑磨土未乾。賸有偏親娛老父，最憐弱弟寄卑官。再來無限傷心事，暫墓文章落筆端。

水陸清齋建道場，琳宮怖鴿趁朝陽。親恩罔極新牲鼎，食性猶諳舊酒漿。說法自應工解脫，浮生難與論彭殤。一般寸草心空在，報答無由到此堂。

哀張德

爾年八十六，雖死不爲夭。記得從先子，桓桓捷且驕。乞師盤大戟，泗水渡聯鑣。罷戰耽稗史，閒居說馬超。提攜先伯氏，保抱授歌謠。南去移家疾，清漳道里遙。守門綱紀健，煮酒鬢毛燒。再理天津櫬，相依共夕朝。余年初舞勺，幼妹未垂髫。藩溷衣常腕，柴薪水共挑。書齋勤滌拭，竈養治簞瓢。數載春秋度，琴鳴單宰調。無緣飽童僕，何況狎嬌嬈。婞直關天賦，勤勞溯久要。同儕偏寡合，口給易喧囂，娛志蠅頭薄，殘年壯志銷。雙瞳尤耽耽，下頦亦蕭蕭。頻歲憂升斗，飢寒悴且憔。有妻偕伴侶，無子繼宗祧。已是貧如洗，何當疽在腰。藥資豐贈給，食品細封標。匝月猶來告，如何見籙招。

卷施心不死，後病腹終枵。雹火人如寄，彭殤理易昭。敝帷無悋惜。感舊淚如潮。

隱湖

舟泊東湖南，欲尋汲古閣。七星橋且圮，閣址久零落。遙遙數百年，藏書晏楹鑿。經史子集羅，漢唐宋元各。秘笈結古歡。孤本搜舊著。班固志九流，劉向輯七略。南面擁百城，雅癖過專壑。錢氏絳雲樓，區分約和博。馬氏玲瓏館，相應若管籥。專力在校讎，掃葉與隕籜。犬臺泰壹訛，壯月牡丹愕。海內資灌輸。流傳遍京洛。人事迭興衰，墮夢渾如昨。冷攤市估驕，善價書癡約。蘭亭日以減，精槧良足樂。懷古思結繩，竹書虞簡錯。漢魏寫縹囊，載徒欣有託。石經開元鐫，木板孟蜀削。南監朱明始。永樂大典作。四庫更四閣，聖清規模廓。挾以萬乘力，乃如竹就籗。持較毛子晉，尉陀真漢若。

以上從公詩集中酌錄數首，以見一斑。至公文則亦頗有法度，經檢全文，錄其古文駢文各一篇，以爲嘗鼎一臠。

兄謇博公詩序

先兄謇博，績學多才，中年徂謝。論文見桐城吳摯甫師全集與粵西周生霖先生畿輔校士錄，論人見霍邱裴伯謙河海崑崙錄，所爲詩，附見南通范伯子集，並分見於同邑孫師鄭道咸同光四朝詩史集，暨近人海虞詩鈔。方其下筆泉湧，和詩疊韻，百戰不怯。故積詩繁富，光緒乙巳，東游日本，丙午歸國，後遽於丁未秋，一病不起，僅於病中詮次，大凡手定堅白室詩草，將謀付梓，乃殺青未竟，忽焉沒已。予嘗收集遺著，再三鄭重，始成此編，日月不居，蓋忽忽逾二十寒暑矣。昔潁濱爲東坡墓志曰，公之與轍，皆師先府君，於文得之於天。又曰，見善如恐不及，見不善如恐不盡，見義勇於敢爲，而不顧其害。用此故困於世，然終不以爲恨。東坡往矣，先兄文章氣節，固不敢妄擬前賢，然子貢方人，老彭比我，生平慕義，猶有此風，因論先兄之詩而附及之。

右文甚簡古，似不脫桐城規範，短文精鍊得體，反較長文爲佳也。

跋手寫文莫室駢文

國朝自乾嘉以還，人文鼎盛。八家振響，二稚騰聲。蔑以加茲，難乎爲繼。溯承流於後進，追過風於前林。自命無譏，頌聲不作。然而孟堅削竹，詞賦且以名家。蔚宗著書，文苑於焉列傳。詞章之尚，匪今斯今。豈無識字一丁，自居屈宋，讀選半簡，私擬京都。究之逐者以趨，則骩骳乏骨，蛇神牛鬼，則樸質不文。楚則失之，齊亦未得。王子晉卿，陸機才多，王珣筆大。以子雲之少作，爲相如之高文，故能筆運雲山，思開金石，接六朝法乳。無延之淺薄之彈，守四傑藩籬，絕郇班重腿之疾。陸大夫之雋永，劉舍人之隱秀。兼擅甚勝，不易吾言。某久耳大名。未窺副本。近以台鄰之舉，得循借癡之風。比蔡邕帳底之論衡，談鋒迥異。秘淮南枕中之鴻烈。掌錄觀成。

按所稱王子晉卿，應爲新城王樹枏先生，王晉老詩古文爲近代大家。先師雲史先生之詩集，即由其作序。亦當時之坡穎也。惜晉老遺集，未曾見過。此間恐不易有影印本，此文亦簡古可誦。因併錄之，亦見當年老輩讀書致力之勤，而散文駢體，無一不佳也。

三原于右任先生之詩

三原于先生右任，是舉國仰望之老成，詩學與書學之領袖。其作品一貫其慷慨敦篤之風。讀其詩，如立高山，看莽莽平原，萬里無垠，且有寒風蒼涼之意。讀其文，卻矩矱史漢，而欽其豪放之氣，可見其學養之深厚。余於民國三十一年，在重慶汪山吳興錢先生新之九日登高雅集座上，獲識先生，以後輩禮一揖而已。三十八年避難至香港，先生曾自臺北過港，余侍錢先生往訪，始得談詩。洎四十三年來臺後，值公生日，始獻詩爲壽。事後先生曾屢告程滄波先生等，對余頗承垂愛，因時往請益。其時錢先生尚未逝世，有時于先生來錢先生齋中小飲。雖不多言，亦常陪侍。其他雅集，亦時共杯酌，老輩獎掖之誠，至今感激。其書法，則余弱冠時已多看過，其時寫石門銘，勢雖甚張，無來臺後之蒼勁，其在臺所作大幅屏幅，龍蛇飛舞，蒼莽夭矯，開一代之宗風，垂千秋之令範。近人尊爲草聖，蓋有以也。

先生之詩，不拘唐宋，其用力深處，仍是得力於漢魏。而其莽蒼處，蓋先生個人經歷有以致之，試讀右任詩存中自俄返國途中若干詩篇，最是先生致力之作，能悉將時局、地區、感慨，一併寫入。讀王陸一先生所爲箋註，亦文字典重，以史筆作詩箋，真是交相輝映，後無來者矣。

先生詩極富，據劉延濤兄記云，已刊落不少，玆擇其可表現先生性情之作，數章如后。

孝陵入長江後第一首詩

虎口餘生亦自矜，天留鐵漢卜將興。短衣散髮三千里，亡命南來哭孝陵。

再出關

目斷庭闈愴客魂，倉皇變姓出關門。不爲湯武非人子，付與河山是淚痕。萬里辭家纔幾日，三年蹈海莫深論。長途苦羨西飛鳥，日暮爭投入故村。

此兩詩首者幾成先生作品之定型，就是如此蒼莽慷慨，大氣磅礴。後者「不爲湯武非人子」一語，在彼時敢出此語，足見先生革命意志之堅。而此壯氣，沛然莫禦。而七八兩句，總結起句，於人倫孝思，尤篤忠厚之致。此詩之所以佳也，昔雲史師告我，詩要「真性情，真文字」方佳。今讀先生之詩而益信矣。

月夜宿潼關見孤雁飛鳴而過

河聲夜靜響猶殘，孤客孤鴻上下看。大野飛鳴何所適，中原睥睨一憑欄。嚴關月落天將曉，故國春歸夢已闌。馬鬣餘年終有恨，南來況復路漫漫。

此詩甚細密，不似先生平時面貌，孤客孤鴻兩孤字疊用，尤是先生傑作。

柏樹山紀游

柏樹山頭柏蓋蒼，山前池館已荒涼。百年花木經兵燹，十載家山作戰場。大戶陵夷中戶起，上田租佃下田荒。復齋行草悤齋篆，點綴亭臺共夕陽。

腹聯，亦先生獨有句法也。

內子高仲林送楞女入京成親賸之以詩

春風蘇百草，送爾出關門。遇合從兒願，追隨念母恩。家庭新締造，文學舊思存。應念空山老，詩箋印血痕。

世人如我問，勉強說平安。百戰身將老，三年枕未乾。秦兵仍奮激，民黨更艱難。素蓄澄清願，時危肯自寬。

海上攻書日，關中省父時，歲饑兵不飽，女大嫁因遲。多事添媒妁，無端累義師。人心未可測，究竟有天知。

汝婿亦奇士，青年多美譽。憂同屈正則，事類申包胥。至理無貧賤，浮雲有卷舒。進修齊努力，嘉耦復誰知。

先生公忠從國，語不及私。獨此四律，家庭恩愛，父女關懷。以蒼勁之筆，寫纏綿之情。句雖平澹，卻極厚重。有時神似少陵，而氣度則遠過之，是以可貴也。

武功城外

扶杖行吟任所之，武功原上晚晴時。郊禖誰禱姜嫄廟，春雨人耕后稷祠。萬里風雲掩西北，十年兵火接豳岐。綠揚臨水川如畫，景物流連老益悲。

金鼓河山訴不平，義旗牽引復西征。郊連戰壘周原壯，浪打城隅漆水明。朔漠冰霜蘇子節，春風桃李武侯營。登壇慷慨今猶昔，忍淚連年說用兵。

此兩律縝密極矣，置諸少陵放翁爲集中。當不辨楮葉。

先生赴俄及經上烏金斯經庫倫南歸諸作，爲集中最精警最著力處，先生詩功固深，加以地理及人事之影響，純乎自然，應乎天籟，嘆觀止矣，茲摘錄如後。

黃海雜詩

出塞翻揮入塞戈，南征轉唱北征歌。人生冤路真難計，水陸迴迴兩萬多。

客子爭看黃海黃，黃流浩淼極天長。漁舟葉葉來何處，領海官家早已荒。

滄海橫流賦不清，爲誰風雨爲誰晴。空間閒事休勞管，見個民船轉失聲。

據王陸一先生箋註，「自此數詩後，即編入先生自題之《變風集》。最爲鉅麗瑰奇，曠代無作。蓋所以歌呼者，爲革命之史事。而可鎔鑄者，又世界之偉辭。先生恫人類之方來，凜本黨之使命。雖後嚐呟大聲，不可方域。而哀思。總理，則稱遺命之赫然。涉覽宮城，則稱帝俄之蠢爾。其時其地，亦有深衷」。先生之詩，固足當之，而陸一之文，亦高妙一世，典雅瑰麗。惜早去世，未得承教。其遺集在臺曾重印，精妙之作極多，暇當寫之。

舟入黃海作歌

黃流打枕終日吼，起向柁樓看星斗。一髮中原亂如何，再造可能得八九。神京陷後余亦遷，奔馳不用賣文錢。革命軍中一戰士，蒼髯如戟似少年，嗚呼蒼髯如戟一戰士，何日完成革命史。大呼萬歲定中華，全世界被壓迫之人民同日起。

天明聞船上雞鳴

籠中渡海難舒翼，廚下留烹知待時。尚自殷勤報天曉，一聲驚起幾男兒。

望日在海岸

海產東人久自矜，相隨霸業更飛騰。君看照海若干里，遠近漁船十萬燈。

舟出東朝鮮灣

痛定應思痛，國魂招不還。雲生絕影島，雨濕白頭山。並力爭除暴。偕亡詎是頑。于思亦戰友，無奈鬢毛斑。

西伯利亞 雜詩寄王陸一

川原悠邈淨無塵，一種韶光夏似春。萬里投荒阿穆爾，老而不死作詩人。
繡緺諸于照眼明，工餘女伴競偕行。夕陽忽架蒼松頂，歸路猶聞疊唱聲。
馬肥久困無征戰，樹老方知閱歲華。家住桃源一萬里，不知世上有桃花。
芳草如茵不計程，欹斜板屋牧兼畊。小家園内新天地，萬綠叢中佔一坪。
水繞烏城聞汽笛，山圍赤塔見桑麻。麵包價貴酪漿賤，牛飲歸來買野花。
共舟而濟共輿馳，患難相偕爾我知。今日車過尼布楚，考量舊史憶君時。

西伯利亞 雜詩錄一

十日飛車道路長，鮮卑遺壤待推詳。雲生大漠連宵冷，花放平原萬里香，牧馬迎風呼戰馬，羔羊覓跡喚羚羊。人情物理無中外，惆悵他鄉憶故鄉。

先生詩句一字兩見，其組織神妙，使人但知其美，不覺其煩也。

外蒙道中日暮

萬歲復萬歲，高呼沙漠中。草連衰鬢白，沙映夕陽紅。麻雀棲平地，黃羊走晚風。黑人矜改革，酪亦醉髯翁。

先生之詩，篇什最富，如入名山。皆是美果，此不過摘其數章耳。其晚年之作，更爲蒼勁沈鬱，茲併摘錄如後。

題劉延濤草書通論

草聖聯輝事已奇，多君十載共艱危。春風海上讐書日，夜雨渝中避亂時。理有相通期必至，史無前例費深思，定知再造河山後，珍重光陰或賴之。

腹聯深邃，大見功力。

乙未士林禊集

又爲人羣祓不祥，雨中成集意難忘。春生寶島寒流過，雲護金門麯酒香。日月翻新新未已，江山苦戰戰何妨。杜鵑萬紫千紅色，輕與蘭花比曉裝。

先生右任詩存之詩，編至民國四十五年，其後尚有不少，散見於報章雜志。甚望延濤先生等，重爲編次付印，以廣流傳也。昨檢篋中，尚有先生遺詩一首，係贈錢新之丈七十三歲生日者，其詩極妙，可見先生少年興會也。詩曰：

春莫游樂天，共飲滬西道。醉後推小車，各矜手臂好。轉瞬三十年，時光催人老。翠柏參天立，精神自浩浩。

新之先生得此詩甚喜，曾語我當年在上海與先生交往情況，極爲風趣，容他日另爲文記之。先生至性過人，朋友之誼尤篤，新之先生在時，見我必問新老起居。新之先生逝後，先生每次談及，必泫然久之，其輓新之先生一聯曰：

儲淚酬知己，

軫懷念老成。

寥寥十字，概括無限悲思，真如椽之筆也。書寫至此，又想起一事，先生八十大壽時，余因先生常用之「右任」兩字石章，已極模糊，因仿吳缶翁體爲別製一章，以爲介壽。用意固佳，且余又爲缶翁再傳弟子，仿刻之作，自知不惡。乃先生於壽辰次日，託張審計長蓬生先生專函封還。委婉説明，「不是李先生圖章刻得不好，奈原印是吳缶廬所刻，故人已逝，不忍棄之，非有他焉。」其情誼如此，又李超哉兄赴日作書法展覽時，索余作序文，余遂力言中國近百年書風之變，始於鄧石如，趙撝叔，繼以吳缶翁等。以蒼莽魯鈍爲事，棄中正和平而不顧。於是世風澆漓，人心不古。欲挽國運而致中興，必揚榷平正，以啟其風。云云。先生閱後，頗爲不滿，以爲不應譏侮缶廬。告超哉趣余改正，余以爲此是觀點問題，否則何必輕詆太老師哉。後在先生座上婉爲陳明，始莞爾曰「國運要緊」。因併記之，以覘先生之重視友誼也。

狄君武先生之凱復堂詩及寧樓詩

余初識狄君武先生，尚在民國二十年前，時余方弱冠也，君武先生至余家鄉，主鐵琴銅劍樓瞿良士太姻伯家，時先生方四十餘歲，精力瀰滿，興會極高，攘臂寫對聯數十付，屬余於燈下刻印，文曰「狄膺行在」「君武」以普通人而用「行在」字樣，亦可見其性情灑落不羣矣。抗戰軍興，晤於漢口，在川六年，亦時常敘晤，先生與吾邑楊佛士先生定襄爲至好，皆服務於國民黨中央黨部。俱以文字著稱。佛士先生於經子學研究較深，所作典雅凝重，先生則才華飆發，如展春雲，其詩頗有晚唐風味，其輕儁者，別具意致，蓋先生聰穎過人。思致自與俗人殊，民國三十八年初夏，余從津門南行，到港小住，旋往廣州，晤先生於寓所。約往沙面飲茶。嗣先生又來港小住。偕游新界，其時杖履頗健也，余來臺後，謁先生於寧樓（臺北市西寧北路鐵路招待所）自是時常聚首，先生頗許我詩，有時亦爲商酌數字，平日有暇，偶然念及，必以電話相約，坐小樓談天。直至先生遷居新店，以及因病進住榮民醫院，始來往稍疎，先生七十多歲時，病榻上執余手，索爲壽詩，余爲賦五古一章茲錄於後。

君翁南方強，平生百不服。攘臂昔革命，談笑輕官祿。志節吳蔡儔，澹泊以爲福。艱辛數十年，噙淚不一哭。晚與疾病爭，三年臥床褥。幸抱堅卓心，不爲病魔酷。會天降靈丹，還公雙健足。

余此詩雖爲壽詩，但屏去俗調，極言先生之性格，亦言先生之身世。先生於病榻上，伸手索閱，頷首稱謝，其時已言語不清矣。先生逝世，黨史會羅主委志希先生，約集先生生前友好，編印先生遺著。先生之詩，有一部份已自定，一部份散見於日記中，乃爲迻錄成集，有缺誤處，爲之補正，遂併全稿印行，茲擇其可誦之詩，摘錄於后：

漢口送子畏二弟之重慶

攜爾登樓夜已昏，兼旬書信斷家門。險灘易過雖三峽，別酒仍溫又一村。莫漫因詩悲老壯，還愁夾岸有啼猿。回頭儻是江南火，總待歸期仔細論。

溯沅江入桃花源得四首

晴山水墨靄連城，密樹林林隨岸生。道是湘寒沅淺急，桃源有路不分明。

雙篙斜刺碧粼粼，不走當江傍水濱。究竟逆流行不得，儻然此去爲逃秦。

魚梁集木聲如雷，以此田魚寧不哀。揚鰭乘勢志四海，傷鱗入市佐新醅。
前山無盡擁清流，近處人家竹樹幽。奚事長行增塊壘，一江亂石度輕舟。

入峽

水漩溜處有名灘，崖斷峰橫舟進難。留得虛懷收萬景，更無一節是安瀾。千年負荷惟牛馬，大眾分明見肺肝。翠落巉巖渾欲滴，巫雲浮雨峽中寒。

夜泊巫山

江路塞東峰，煙壅瓦萬重。數舫遲遠客，一雨絕游縱。宋賦渺無跡，神祠猶有松。何堪此夜睡，夢徑亂雲封。

曉發巫山

南岸懸殘月，林山發曙光。峽江前後合，雲氣轉回涼。應召趨新府，投書梗故鄉。沈思惟姊陷，雙淚落船艙。

此詩原稿中有人批曰「饒有唐音」，我則謂「梗」字用得甚好，而結語亦富真性情，此所以佳也。

曉發萬縣

一縣全無火，四山盡是煙。平添三尺水，付與萬家船。淡墨何從畫，深情良有緣。明朝兄弟會，兒輩莫相牽。

此詩原批曰「神似老杜」，余亦云然。蓋此類境界，此類題目，無論如何，總有老杜格局，蓋出峽，只要隨意取景，皆杜詩也。

洛磧戴亮吉正誠家東陽別業題壁

迎春石上名賢字，東陽嘴邊處士家。寒林脫處真攜酒，鐵鳥過時還鬥茶。弟兄有約吟詩句，巖壑盡情開野花。相期寇去來相守，招隱山前鸝莫誇。

此詩項腹兩聯，頗有宋人意志，「巖壑盡情開野花」，亦見先生寫景著眼之處也。

峨山報國寺吟翠樓

蔣總裁介石先生於廿四年七月曾留宿是樓。

一寺精忠寫百憂，山間制梃有深謀。蜀中子弟休相問，夜落兵書吟翠樓。

金頂書所見

窮高騖遠侈言大，峨嵋頂上游人會。納袖應無翠袖寒，雪山更在雲山外。雲山倒影雲海中，雪山一笠懸青靄。真美當前可奈何，詩畫卑卑不克繪。

迎送

長吏寧知迎送悲，總難稱意怒無時。澗花紅寂自開落，山鳥長飛不問誰。

三四兩句，境界幽靜，可愛之極。

自華嚴洞歸途滑竿口號呈居覺生先生

平對亂山疊，青填遠脈橫。孤懷疎樹禿，冷眼淡煙清。竿上餘詩思，洞中遺世情。

危時休感慨，禁錮或儒生。

原批云：「孤懷一聯是韋柳好句。」其實首二兩句，亦著力處也。

枕上四首

九月九日之夜，宿海棠溪南七公里官井溝西南新村，常熟陳鴻年翼翔草廬余於春日曾作分書，榜是廬曰與蟫偕隱任花亂開

四山月黑蟲鳴幽，蟋蟀唱和啾且啾。短檠膏盡撲忽滅，一枕萬里三更秋。

帳外松窗雨點幽，忽然卷木風聲遒。茅屋滴漏書架濕，衾寒夢遠孤懷秋。

悠揚別夢山行幽，灣寒坡滑膠輪遒。車箱瑟縮辨稱子，不暇四望黔山秋。（寧兒赴貴陽十四中學未帶寒衣）

五甥抱子胸懷幽，偶爾感觸珠淚流。夢曾匆遽見汝母，支離問汝今安否。

輓王君陸一五首末章兼慰右任先生

崛起三原以辯才，寫生域外境雄恢。貝加湖上皚皚雪，一舸紅衣緩緩來。
南京初奠北京平，黨內文壇奇此生。三首哀辭人斂手，陵前日昃想謨勤。
豪情奔放艷情柔，文采中年氣已秋。難置紅妝青眼意，幾回無奈過蘇州。
濱湖新築匿香車，已是詩人折節初。百萬傷殘人鼓吹，歌行傳信逾軍書。
莫揮老淚下長髯，早逝憐才兩意兼。右任詩存箋註在，死生契闊亦纖纖。

五十六生朝口號（摘錄）

隻身海外不能歸，書卷田廬知已非。我起黎明無可望。向無燈處得光微。
父祖終於五十七，開年我亦及斯齡。最慚家學從余墜，駁雜何能熟一經。
晨行五里及河干，出霧青山秀可餐。我與諸昆今隔絕，江南互不恤饑寒。
莫想寒庭補種梅，讀書聲朗則花開。花繁我更精詳讀，五十年中得幾回。
孤往搜詩老更能，嬾飛媚竈惜寒蟲。草山花發紅猶淺，不頌春王不待徵。
往事堪悲宿草深，一痕真戀鍥初心。挑琴尋瑟餘何弄，哀唳驚鴻祇碎音。
開國以還事足論，從亡唯有罪可分。算來不比青氈好，歸去情甘咬菜根。

先生至性至情，對祖父兄弟姊妹，睠懷甚切，故詩句時有流露。暮年心境，至不佳也。

夜過川端橋

俯仰因明月，川端煮更明。撫時誰難老，對景謝冬晴。蘆白昂頭得，山遙覿面生。
橋闌忽駐步，吟望及陵京。

此詩通篇皆好，唯一「煮」字費解。蓋川端橋畔，舊有納涼茶店，今無蹤跡矣。李漁叔先生近亦有川端橋詩，和者甚眾，惜君老已逝，不能同作也。先生晚年，先患消渴症，嗣血壓高，而中風，久病醫院。來臺後晚期之作，有晦澀不易索解處，蓋精力已衰，無力改定。不能估計讀者能體會其用意否也。較盛年之明逸，相差多矣。先生待友最誠，時共小酌，與我極契。近尚藏其手札十餘通，皆極有趣味。其率易處，大有深意。有人謂先生晚年佯狂，其實其身世可悲，不如此，又何以排遣耶。其詩亦然，風雨之夕，展讀一過，不禁感觸也。

溥心畬先生寒玉堂詩

長白溥心畬先生，名滿天下，無待介述。余北居時，曾在北平西山一晤。逵難來臺，始知先生卜居於臺北市臨沂街，與余舊居連雲街僅百步之遙，一見歡然，自是過從甚密。蓋自四十三年春以至先生之逝。十年間每週必晤三四次，晤必傾談。先生學問淵博，興趣廣泛。所談者，經學、史學、詞章、書法、金石，且兩人有一共嗜，即平劇，先生自言，少時多看譚鑫培，住戒檀寺時，又與余叔岩爲友。故老生戲能者甚多，余北居時，始從譚派名票友夏山樓主習老生。嗣在香港，又受凝暉閣主孟小冬女士之教。在平劇言，亦屬正統，故與先生談話，方面最多，最奇者先生以畫名，不喜談畫，余家世能畫，亦不喜談畫，故十年之間，談話從不論畫，其時小女李梅尚在中學，未曾習畫，亦未思及向先生求教，迨先生逝世之年，始行習畫，未得列寒玉堂門下，常以爲憾，及今稍有成就，若先生尚在，必歡喜教導之也。

先生於學問，用功甚勤，自言自德返國後，在西山讀書，即《資治通鑑》一書，曾點讀一十九遍，其勤可知，其寫作則賦、駢文、散文、詩、詞、聯語，無所不精，其作詩尤迅捷而有才華，嘗比賽作題畫詩，先生每二分鐘成七絕一首。而余則需五六分鐘，惟有拜佩。

先生之詩，五言全然唐音，而自具蕭逸之致。昔先師雲史先生亦作唐詩，但近於少陵。先生則神似王、韋，加以身世關係，低徊故國，身遘亂離，亦有傷感與蒼老成份也。其《寒玉堂詩》，於病中力疾自書，當病亟之時，約余前往，託在詩集姓名下，代蓋名章。謂其家人與學生，恐未得法，故以相浼。幸其令子孝華兄，不負先人之教，於先生逝世後一年，將先生詩集影印完成。且附所作聯文，裝璜華美，爲渡海以來詩集之最佳者，可爲孝矣。茲就集中，擇其生前自稱最得意者，介紹於後，俾世之徒知先生畫名，而不知先生詩功之深者，有所覽觀也。

甲子秋寄伯兄

把袂一爲別，飄零積歲年。衣冠散兵火，兄弟隔風煙。雁去秋霜外，書來暮雨前。離心與歸夢，日夜海雲邊。

按先生之伯兄，爲襲爵恭親王名溥偉，其時居青島。

雨中紅葉館雅集

江戶連春雨，珠簾望翠微。羣賢天上集，五馬路旁歸。紅葉開山館，飛花落舞衣。

會稽詩酒興，佳會未應稀。

此先生於抗戰前赴日講學時所作。

園夜

端居感遲暮，況見霜葉零。方塘澄清波，庭柯挂繁星。焉知變寒暑，坐失林中青。
遙遙怨修夜，落落瞻秋螢。

真魏晉人手筆，置諸文選中，難辨近人作也。

東道不通

明月西飛遼海灣，不聞諸將唱刀環。瀋陽霜落秋風起，衹有邊鴻夜渡關。

宿定海縣

列郡傳烽火，天涯路不通。海雲陰易雨，島樹晚多風，爲客因名累，乘桴歎道窮。
何時掛帆去，東望霧濛濛。

憶昔

憶昔軍書急，要盟在馬關。纔聞失旅順，已報割臺灣。使節來何遠，王師戰不還。殊方悲往事。空望舊雲山。

先生集中甚少論事者，此詩一唱三歎，真詩史也。

自題畫雁

水落沙平夜色昏，蒹葭猶認舊棲痕。雙飛夜宿知何處，夢冷瀟湘明月村。
衡陽沙浦水光寒，遠泊扁舟行路難。秋滿關山千萬里，寄書應不到長安。

先生所作題畫詩，無慮萬首。隨手題寫，並不留稿。此兩絕風神搖曳，寄託遙深。置諸漁洋集中，不辨楮葉也。

憶陳蒼虬侍郎

凋謝挂瓢樹，淒涼漉酒巾。地維沈故國，天意喪斯人。永日浮雲去，經年宿草新。

招魂無宋玉，春盡楚江濱。

憶黎露園右丞

顛沛誰無此，如君亦可憐。居貧悲白屋，送死一青氈。世亂知忠孝，時危多險艱。何年歸旅櫬，南海月孤圓。

憶章一山左丞

河決連涇渭，誰知清濁分。江南空作賦，地下豈修文。白髮仍爲客，丹心獨奉君。魂飛遼海月，應傍九邊雲。

先生生前有《靈光集》之選，立例甚嚴。凡清遺老，入民國後，曾作官者。一概不錄。故所甄選者，皆爲遺老之作，而以其兄溥偉（襲爵恭親王）及善耆（襲爵肅王）爲首。存詩存人，亦自有其例也。此書原稿積十餘册，曾託余校閱，曾爲訂正數處。現由哲嗣孝華保存中。此書以姓屬韻，人繫小傳，亦近代史之資料焉。此三人之詩，亦載《靈光集》中。先生此作共爲五首。茲錄三首，以見一斑。

九日登圓山

北臺寒雨帶斜暉，風卷潭雲黃葉稀。別恨暗生登閣酒，離塵空振渡江衣。關山有夢兵猶隔，天地無情雁不歸。佳節年年憶兄弟，烽煙況問首陽薇。

感遇 九首錄四

兵戈亂宇宙。乘桴出海門。如何似永嘉，萬姓皆南奔。誰煽燎原火，遂令日月昏。熒惑入南斗，維藏劃天痕。明夷垂其翼，危行道所尊。堅貞循義路，迍邅安足論。

大車陷於淖，征夫在塗炭。顛沛攜妻孥，南行等奔竄。朝辭錢塘水，暮宿崑山縣。馳驅問前路，恆雨河梁斷。壯者下推車，婦子坐愁歎。黎民猶不飽，誰能強餐飯。

卜居東海濱，連廛皆板屋。淺渠不隱屐，環垣削青竹。戶陰緣陵贏，穿甃拱榕木。衡門無三尺，四席足縮縮。仰瞻屋漏痕，連雨垣將仆。卑濕移斧甑，朝菌已生餗。不如陶令宅，猶得伴松菊。

清風振苞竹，零露發芳槿。聲問恥過情，浮名跡應泯。逃榮欲鑿坯，畏人戶長墐。用拯力不贍，念此心紆軫。景行慕夷齊，思賢希曾閔。幽人懷廣居，緬彼箕山隱。

摘錄此四詩，前兩首言先生自大陸撤臺時之艱困也，後兩首言先生居臺時之概況也，第三首寫居處之狀，即先生臨沂街之寓所也。後一首先生自言其志，而確能躬行實踐，言行相符，其淡泊明志之高風，真可敬也。

昌慶苑

禁川橋下芰荷香，慶會樓前細柳長。依舊清波東逝水，更無鳧雁待君王。
曲池春水碧泠泠，空館無人蔓草青。三月東風花落盡，鷓鴣飛上翠寒亭。
宮苑春雲閟不開，碧天明月自徘徊。千秋殿外生秋草，不見雙旌引駕來。
北征初罷太平時，五步樓臺接鳳池。秘苑深宮行樂地，已無頭白侍臣知。

先生民國四十四年赴韓講學，余曾有送行詩數絕，寄與先生。承復示，嘉以極似梅村漁洋。追到日本後，又寫示近作數十首。頃尚寶諸篋衍也。

遊後樂園（明朱舜水所居）

荒臺留片石，池館故侯家。水照春殘樹，風吹雪後花。青蕪生敗堵，白鷺上寒槎。

不見聽泉客，蕭條古徑斜。（駐步泉篆書三字傳為朱舜水所題。）

懷一妹漠北

萬里祁連雪，艱危遠嫁身。平沙無渡雁，大漠少行人。去國難王楚，投荒不帝秦。何年盟踐土，報主淨邊塵。

此詩項聯寫漠北景象甚切似，非胸中有真境界，不易道出也。

憶舍弟僡

離亂無鄉信，登樓望落霞。故妻猶有墓，遷客已無家。舊事傷春草，秋風冷棣華。中原成絕國，鴻雁隔天涯。

先生集中，佳作甚多，不能悉錄。平時存錄，亦復嚴格。信筆題畫之作，皆不與焉。以此知先生對於自己作品，慎重之極。而世徒以畫師視之，難免其自傷矣。先生在時，時至敝廬閒談，或作書畫，或聽歌曲，頗有清歡，余蓄拳師犬阿倫，先生亦喜之，曾由陳雋甫吳詠香伉儷，爲犬作圖。先生援筆題一絕曰：虎子眈眈氣若牛，鑾鑣盧令不能儔。昔聞黃耳傳書信，今伴詩人到白頭。

此詩集中未載，特爲標出。近余每作犬詩，李漁叔許君武兩先生每加獎許，不知先生早已有贈也。

先生病鼻咽喉癌。病伏已一二年，迨發作時，余力勸其遵從醫囑，住院照鈷六十，以資抑止。而先生不耐，住榮民醫院數日而歸，否則即不能癒，亦不致逝世如此之速也。自是中西並進，家人朋友，無法勸導。病中余往訪之，曾泫然告我曰，「病中無俚，望能多來談談，以解疾苦」，遂每週必往視一二次，覩其蹙頞忍痛，獨自執筆。某夕爲先生最後一次之生日。颱風大雨，積水沒脛。余詣其齋，至好十餘人，公宴先生，席地而坐勢甚狼狽。先生此際，已不復健啖。但飲些少流汁，及若干易嚼之物耳。情形至爲淒絕，不久，遂告謝世矣。

綜先生一生，爲王孫，爲天文學博士，爲經學家，爲詩人，爲書家，爲畫家。世徒重其畫。不知先生學問之淵博也。先生逝之日，予作聯一付輓之曰：

儒術河間，文采東阿，志節著明夷，絳帳傳經昌絕學；

詩卷少陵，丹青摩詰，生涯甘寂寞，山堂布席悵前游。

除此聯外，又作哀辭一通。以抒哀愫，茲併錄之。如後。

心畬先生哀辭

惟春王之元日兮，晨摳衣而升堂。謁公以賀歲兮，見迴顧而徬徨。謂靈光之一集兮，將永付乎庋藏。失鄞縣之一序兮，彌感慨而神傷。余謂俟好春之暇日兮，當細校而商量。公默然而首肯兮，退竊訝其不祥。俄聞公采薪之偶感，謂疾賊夫心房。醫戒公以有疢，將一僨而爲惡瘍。公輕之以纖芥，謂固歡喜而康彊。悲疾壅而日厲，戈難返乎魯陽，余諫公以從醫說，而公又弗耐於灼光。遂反駕而自攝，猶雜進乎諸方。冀回春之有望兮，終益決而成殃。當公偃坐之綿惙兮，猶強笑而云無妨。時忍苦以覽觀古拓兮，謂實企于二王。嗟公病之日革兮，咸泣涕之浪浪。晨入視已弗語兮，猶轉側而欠伸。詎一夕之驚變兮，慟凶問之忽至。痛哲人之遽萎兮，將從何而問字。昔奉手于西山兮，樂淀園之蒼翠。晚南屆而相逢兮，感視余爲獨契。公有作而愜心兮，必呼僮以傳示。值絃管之雅賞兮，每許余爲同嗜。述英秀之絕詣兮，輒興酣而忘睡。公之學誠無所不通兮，一時實難舉其倫比，精訓詁而明義理兮，博學而加以彊識。文賦追乎漢唐兮，詩歌凌乎當世。書法方乎羲獻兮，視丹青爲末藝。世徒求尺幅以相炫兮，實非公之素志。諸生今失良師兮，藝林亦失其老輩，悵矩範之難求兮，如眾星之失北斗。勝鄭虔之三絕兮，千秋已定其不朽。溯十載之晨夕兮，痛劉蕡之師友。會收京之不遠兮，魂必返乎西山。化白鶴而歸來兮，儻徜徉于其間。

先生既安葬於臺北陽明山第一公墓。哲嗣孝華承先生遺命，往臺中叩求彭醇士先生爲作墓碑。醇士先生不負死友所託，特允撰寫。其文高華清勁，爲當世不可多見之大文章。茲向孝華迻錄，一併登載，俾當世仰慕心畬先生者，可先睹斯高文也，文曰。

溥心畬先生墓表

嗚呼，斯文之弊久矣。學者能辨其名物，練於體要，所作粗有可觀，已不易得。若夫貫通六籍，旁及百家，原道敷章，感物吟志，晚近以來，殆無其人焉。渡海後，旗亭井水之製，喧於市坊，苟以弋名而已。其稽往可徵，屬辭必雅。婉而成章，煥乎有文。如江都陳含光先生，滿洲溥君心畬，無慚作者。今俱往矣，豈不痛哉。含光先生卒，予走哭之，君之喪，以疾未親其斂葬，又未祖於庭。平生氣類之好，相摩學問，奄忽不留，何可復得。而君之孤孝華，稱遺命來乞文，以表墓，不重可傷乎。按狀，君諱儒，字心畬，號西山逸士。清宣宗皇帝之曾孫，恭忠親王諱奕訢之孫，貝勒諱載瀅之子。世爲滿州愛新覺羅氏，後以名爲姓，改爲溥，自君兄弟始也。貝勒早世，妣項太夫人，勖之嚮學。受德國天文博士，益肆志墳典，考覽經傳。博問彊識，無不通，以詩書譌敓，各習其師。晚學之士，疑莫能釋，於是綜覈羣經，轉相訓注。使聖人微言大義，簡而易明，所纂述甚多。要皆書理淵澈，不取幣繡。爲文章茂美，才既高邁，應物無窮。康德改元，力爭不得，乃作臣篇，以著其意。又與陳曾壽書，並吐屬英華，含情惻惋。睥睨顏謝，轢轢庾徐。家蓄宋元名蹟，心定神閒，涉筆俱妙。以此傾動時輩。擅一代高名，與蜀人張君大千，稱南張北溥。自改天步，絕意仕進。居西山戒臺寺，讀書奉親。舉室晏如，日本之寇，以君勝國懿親。啖以重錙，拒不肯受。百端脅致，亦不屈也。兩京收復，當道延禮，將行辟命，固以啟辭。幅巾南遊，羣士景附。覽吳越山川之勝，流連久之。而賊勢已逼，有書命留。歎曰，鳥獸不可與同羣，倉皇自舟山，駕漁艘渡海。居臺灣十數年，陋巷繩樞，縷綏響集。嘗以碩學，歷聘鄰邦，受韓國漢城大學榮譽博士。好古敏求，善誘罔倦。先後主講北京師範大學，藝術專科學校，臺灣師範大學，東海大學，香港新亞書院。執贄門下請爲弟子者，不可勝數。所著書，羣經通義四卷，四書經義集證十四卷，爾雅釋言經證四卷，經訓類篇八卷，六書辨證一卷，靈光集十五卷，慈訓纂證一卷，寒玉堂文集二卷，詩集一卷，凝碧餘音詞一卷，華林雲葉二卷，寒玉堂聯文一卷，千文注釋一卷，論畫一卷。又有碧湖集，上方山書，白山志稿，若干卷。並存舊京。以癸卯年十月初三日卒，享年六十有八。嬪多羅特夫人，清陝甘總督諱升允女，已逝。子，男二。毓岦，即孝華。毓岑，早殤。女一，韜華，適劉。是年十月十三日葬於陽明山之南原。君身遭國變，篤志好學，明習六藝，融會無間。方道喪禮壞，裁製斐然。足以振衰風，矯敗俗。而世獨高其繪事，豈不悲哉。予文質無稱，辱許非分。於垂絕之際，惓然欲託以久遠。何其摯耶？石可磨也亦可泐。君之所縣，有如炳日，光不可滅也。

楊鑑資夢豳室詩

楊鑑資先生遼陽人，爲清江寧府知府楊雪橋先生鍾羲之子，余來臺始識之，鑑資濡染家學，詩有法度，功力頗深，於晚清掌故，尤爲熟悉。蓋雪橋先生入民國後，隱居著書。其《雪橋詩話》，卷帙浩繁。人繫小傳，蓋傳詩且以傳人，亦詩史之意也。鑑資生長華膴之家。嘗言卅年在端匋齋督轅，觀劇，匋齋愛之，加諸膝上。及十餘歲時，常侍雪橋老人，在匋齋督轅花園中，參與文酒之會，獲識名賢及觀匋齋所藏名跡甚夥，入民國，初尚賴雪橋老人鬻詩文贍家。及老人逝後，又值抗戰，鑑資之母與妻，先後下世，攜一僕而居於滬。賴諸老輩之資助，後由陳陶遺先生介紹，一入江蘇監察使署，爲程滄波先生料理文墨。及共軍南下，上海危岌，隻身來臺。家無餘貲，亦無長物，宴如也。嘗終日坐公園茗坐，饑則吟詩，有貲則傍晚於小酒肆獨酌。與余論交後，時來舍下。除略備酒肴小酌外，必久坐長談，詩、文、書、畫、掌故、典籍，無不在討論之列。承其不棄，有詩必以相質，甚爲契合。丁未之冬，忽然偃蹇。某日上午來交通銀行告余，欲往空軍醫院檢查肝疾。余弗克陪，乃自留院檢查，嗣悉結果，胃、膽之間，有一水泡，須開刀云。因須養息檢查，飲食如常，越三日余往視之，告以應遵醫囑，不料次晨竟以逝世聞，蓋淩晨尚盥洗進早點，不料其突然不支也，余深痛之，曾作二哀詩，一即哀先生者。茲先錄於後：

三年皇急畏休官，一病遽然竟掩棺。祇爲文章無媚骨，卻因鬱怒始傷肝。遺書頗似周公謹，清操還同管幼安。一脈同光嗟頓盡，夜窗憶舊淚汍瀾。

先生逝後，其遺著由其在臺之令媛及令婿保存，迄今尚未印行。其所撰筆記，述晚清掌故甚多，頗有史料之價值，余昔曾爲題一絕曰：

兵塵獲識楊公子。舊事江南繫夢懷。白髮燈前餘涕淚。生涯頗似癸辛街。

先生逝之日，余曾作一輓聯，頗合先生心志。茲錄於後：

萬卷早飄零，空餘不合時宜，庾信暮年最蕭瑟，
千秋論志節，別有傷心懷抱，遼東皁帽總淒涼。

茲將先生多年來寫示之詩，迻錄於後。若詩集不刊，恐行世者僅於此矣。

贈李嘉有先生

虞山佳氣毓人文，學有師傳迥異羣。爲友多聞兼直諒，況能指事著慇懃。讀書眾壑歸滄海，健筆奇峰起嶽雲。笑我詩癡同敝帚，猶勞一運郢人斤。

寫贈艾森豪總統

縞帶聯歡重，敦槃著意深。親仁崇至道，遏亂見同心。九合推盟主，羣情託好音。忝參文字契，軒豁露胸襟。

超哉歸自東瀛

北海家聲舊，天驕識鳳麟。同文歡縞帶，雅譽冠儒巾。餘藝時方重，精心筆有神。瀛壖吾欲老，綈槧日相親。

蔭午八十

奉手西堂逾卅年，班荊海上樂華顛。養生肯假安期棗，適志閒吟笠澤篇。風日巾車輕杖履，衣雲人世閱桑田。舊書堆裡侵尋老，卻羨黃公是散僊。

感懷 六首錄一

雙井有余成，曼碩有鄒福。卓彼千載人，嘉此主與僕。不區貴賤間，善哉江弢叔。黃揭際時平，猶爲禮教囿。江雖逢亂離，終見天心復。吾家百年來，事事談欲哭。先祖宦楚中，崎嶇甘薄祿。臧獲被深恩，有如子弟畜。吾父在江介，反噬罹奇毒。蕩然尊與卑，遇過僮歸酷。（籜石宗伯有僮歸詩）。所幸有杜楨，天性使之獨。衛護出窮危，知勇超流俗。忠誠不貳心，真使士夫恧。四十餘年中，情親同骨肉。音訊久寂然，死生今莫卜。欲述縷萬端，一一觸心目。還期保黃髮，相見在滬瀆。

題劉雅農朱書大篆孝經

開宗明義聖人書，舊夢難回識字初。五十年來如轉燭，勉持冰蘗帶經鋤。

深明閣啟耀藜光，綈槧瀛壖歷海桑。兒解讀書孫識字，孤心丹筆重敦煌。

趨時誤盡濟時人。（先公題秦權句），語重然犀信有神。底事茂先誇博物，錯將蓄藥造成因。

彌天浩劫判人禽，博愛遺親詡孝心。誰解談經回末運，但邀明月伴孤斟。（沈寐叟嘗笑謂「汝輩其亦來日伏生」以「談經文學鬱岧嶢」語書聯見賜。每一念及益增慙感。）

雜感集杜

筆落驚風雨，全生麋鹿羣。賦詩分氣象，何路出塵氛。世已疎儒素，愁多任醉醺。論交翻恨晚，重與話斯文。

全命甘留滯，春歸人未還。感時花濺淚，相勸酒開顏。簷影微微落，雲輕處處山。浮生看物變，休鑷鬢毛斑。

蹭蹬騏驎老，窮愁豈有寬。持衡留藻鑑，吾道屬艱難。一室他鄉遠，殊方此日歡。稍酬知己分，豁達露心肝。

用拙存吾道，先生藝絕倫。異才應間出，一氣轉洪鈞。詞賦工無益，儒冠多誤身。水流心不競，脫略誰能馴。

癸巳七月先公忌日前夕風雨淒然，益增鮮民之痛，爰集遺山句成雜感詩四首華表鶴來應有語，故鄉喬木滿蒼煙。定令姓字喧時輩，且放閒身作地僊。通德里門傳故事，謝公哀樂感中年。荒村此日腸堪斷，窗竹蕭蕭耿不眠。

本無奇骨負功名，卻想當年似隔生。異地他鄉千里夢，行雲孤鶴萬緣輕。舊家人物今誰在，半夜悲歌意未平。天地一身無著處，就中愁殺庾蘭成。

百年孤憤竟如何，人笑藍衫似采和。舊許煙霞歸白髮，豈知荊棘臥銅駝。壯懷歌闋尊爲破，手線留殘恨更多。嚴訓常如天日照，可憐出處兩蹉跎。

家亡國破此身留，識字重爲世所讎。壯志自憐消客路，一尊聊得散羇愁。眼中高岸移深谷，夢裡華胥失舊游。桑海幾經塵劫壞，浮雲西北是神州。

葵霜遺影

荷衣出拜忍回思，夢裡依稀是舊時。人物卻從蝯鶴化，畫圖驚見雪霜姿。百年劫運哀難挽，隔世心情有孰知。應與先公相對泣，豈惟葛練念孤兒。

上巳夢己未禊集情景真同隔世矣

夢回四十五年春，師友都成不再人。一覺猶驚耆舊在，浮生端與水雲親。江南風物剛三月，上巳鶯花負此辰。鳳泊鸞飄無定所，天留老見海揚塵。

嘉有先生香芝夫人伉儷五十雙壽

論交齒忝行年長，難得編摩志有同。豈謂讀書求甚解，每從治事見深功。醇醪人醉周公瑾，要義羣欽魏了翁。靜好自應仁者壽，期頤禮祝日方中。

偶成

小車閒向板橋行，夾道花光照眼明。好似凌霄今溷落，有誰知是紫雲英。

敦民卜葬陽明山感賦

朝霞輝映萬山叢，忍淚今看葬此翁。君子乃爲蝯鶴嘆，時人如對馬牛風。幾家孝友能相保，累世交情自不同。想見貞魂歸故國，錢唐往迹認熙豐。

嗚呼，先生遺詩，存余篋衍者僅此二十餘首耳。遍詢友人，亦無從檢寄，姑先錄刊，以免再散失也。先生之詩胎息唐人。因其少壯之年，接近海日海藏散原諸老，句法格調，亦漸有宋人規模。其實自同治光緒以迄民初，此一段時期之詩皆如此格局，所謂同光體也。先生生前，曾囑余預撰詩集序，以爲余頗能道先生之衷曲也。

楊无恙之无恙初稿

楊无恙、字讓漁，又號讓塘居士。江蘇常熟人。家素封，父能文早逝，母撫之成立。少年殷富，初不措意于文字，年二十許。病肺咯血。始下帷讀書，延先師金叔遠先生鶴翀主其家，凡五六載。悉畢羣經子史，下筆有神。病稍間，出游，與詩老陳仁先曾壽等游，卜居吳門。與蘇之名家唱酬，一篇出而驚四座，其詩以西崑入手由山谷宛陵而上溯東野昌黎。又擷取晚唐諸家之明麗，自成一格。而運思細密，出語堅秀。海上耆老，如散原海日海藏諸翁，皆激賞之。長余二十年左右，今若在世，亦七十餘老人矣。抗戰前，在家鄉常熟時，年輕一輩論文字者，以君爲眉目，此外錢蕚孫仲聯，亦擅勝場，而余與金君易占沈君抱一則肩隨而已。

欲談无恙之詩，須述當時常熟詩壇之概況。蓋民國廿年前後，老輩未盡凋零，隱然爲領袖者，實爲張鴻隱南先生及徐兆瑋少逵先生，宗舜年耿吾先生，丁祖蔭初吾先生，金鶴翔幼鄭先生，胡炳益夐修先生，先師楊圻雲史先生，先師金鶴翀叔遠先生。尤以張徐兩先生學問淵博，四部之外，淹通釋典，故无恙仲聯及余等，雖各有師承，但經常隨張先生茗座談笑，所獲尤多。張先生論詩，主學荊公，然其源亦出於西崑，曾與无恙同作游仙詩各二十首，合刊一册，傳誦一時。所用內典及道藏成語，古奥典重，究屬老手。而无恙靈思獨運，造意艱深，亦旗鼓相當，不讓老輩。惜兩家集中，均未刊載。渡海以還，鄉人遺集，殊爲罕覯矣。

年前與袁帥南先生論及常熟文物之盛，因云藏有无恙初稿，此係當年董康授經先生所刻，板式極精，特趨商借歸，燈下詳讀，有若干詩固爲余少年時所熟誦者。今展卷重對，喜可知也。因亟錄若干首如後，俾同好知无恙之詩，果屬不凡，但篇幅所限，未能悉舉爲憾耳。

秋夜舟行

一櫂明波上，蘋香入杳冥。魚跳船尾月，犬吠水中星。倦櫓天垂曙，微吟酒正醒。鄰舟情誼重，相約泊津亭。

七夕露坐

河漢清疑瀉，侈言近碧城。仙情纏薄債，癡夢説長生。露氣來蟲語，天風落鴈聲。中庭瓜果溼，歸寢理桃笙。

渡西子湖

西冷花草倚春驕，十里湖山上短橈。恰喜病餘詩骨健，椶鞵踏遍六條橋。
寒山新活燒痕青，一著春風夢便醒。止水弄船心妥貼，蒓絲牽槳縛蜻蜓。

徐州感事

控帶荊襄氣似虹，惟公馬首定西東。心真匪石全堅白，手撥殘灰惜冷紅。十萬貔貅分甲仗，三千冠劍策功勳。春冰一解花隨水，燕子樓頭燕早空。

金陵客舍偶及南唐舊事輯綴得兩絕

御閣攤箋挂寶珠，官家一晌愛歡娛。紅羅亭子圍香雪，不覺春風已半輸。
悱惻坊歌淚點紅，三千里地水流東。迢迢銀漢秋星黯，夢斷牽機昨夜風。

雪後客至

淡日融積雪，化水滴茅廬。晴檐落飢雀，凍渚遊僵魚。朝市惟蕭風，十九閉門閭。

客至乏鮮碩，攜鋤掘家蔬。沽酒未及醉，牛羊下煙墟。相對愛真率，賓主俱怡如。所談既樸野，豈盡涉迂疎。一齋靜如水，穆穆希太初。

大水侵階渺無晴意書此以當私祝

汩汩雌雷故老愁，黃梅水漲屋西頭。亂蒲塞港魚尋路，散木臨山鳥借樓。平陸已成江海感，皇天虛預稻粱謀。閑吟兀被人僝僽，敢以瀟湘儗嬾鷗。

半塘春游詩

春風吹進闔閭城，士女恬熙搶嫩晴。綠上柳梢紅到杏，上河圖裏恰清明。

紺宇濃渲柳萬條，夕陽黃綠半塘橋。鬧紅一舸傳家物，只揀文仇畫裏搖。

塘上楊花蹴路塵，踏青肴榼近清明。綠煙罨畫船藏柳，不見黃鸝只有聲。

逍遙遊

瓢齋燕坐午風涼，沈醉茶罏日儘長。說芥說陶松火軟，清閒人事是虞鄉。

碧篠銀藤露眼明，胡床清早有吟聲。綠楊湖甸煙波渺，隨著山雲並入城。

更番堂額續南華，長見睢陽觳客茶。井上綆痕深幾寸，春風吹老碧藤花。

【附註】逍遙遊為先君所營游企處，晨夕茗座，高人雅士，羣集其間。此詩寫景神似，晴窗再讀，陡生江國之思矣。

甲子十二月廿六日與今嗇丈登拂水巖

今年夏五登劍門，山南山北披朝暾。今朝重陟劍門路，山北山南漲煙霧。江淮莽蒼天無情，夕陽陰翠爭寒晴。東澗無人石谷死，歲暮荒厓剩我爾。

【附註】季今嗇丈名厚燾，為文敏之孫，久客杭州。山水擬吳墨井而秀潤過之，為常熟畫壇第一。

造病鶴表兄九萬圩新居

逆旅延過客，僦屋如船停。笑我三年中，移動若秋星。今君駕鹿車，棲息城西隅。扶搖九萬里，隨唱希黃虞。泌水清洋洋，當戶立散樗。相延坐齋舫，常談捋吟鬚。我時方相地，此見毋乃愚。席地與幕天，何爲事區區。

追　隨

追隨麋鹿臥莓苔，問客何爲帶雨來。過眼雲煙山裏有，無言桃李靜中開。廢興詩社掄蘭若，今古茶香潤佛臺。莫把閒時近棊局，要知柯爛便須回。

歲暮得龐次淮先生病中見憶

城南居士苦吟身，思舊曾爲視疾人。入世斯文成水火，于時吾道竟參辰。歲方盡矣休迴顧，我欲愁時一欠伸。臥雪眠雲俱適意，未須尋繹海揚塵。

【附註】龐次淮先生名樹階，有束柴病叟詩，其詩專學孟東野兼及梅宛陵。久居蘇州，每導余學宋詩，意極肫摯。老年多厄，所吟淒苦。惜無遺集，能為紹介數章耳。

海上晤散原先生多所獎借，先生今年七十六矣退呈兩律

行揖長松問歲寒，淵渟嶽峙海天寬。誘人語比太山重，肅客樓同棧道難。玄默錘詩如學道，冥茫煮字過燒丹。我來一意圖宗派，嬾上乾嘉點將壇。

僵　臥

我年未四十，僵臥病侵尋。但視越人瘠，毋勞楚澤吟。紅雲支藥竈，青嶂匿書林。

溫飽昏昏過，休嫌爨下音。

韓亡子房憤

韓亡子房憤，麥秀箕子慟。博浪效狙擊，副車仍誤中。吞炭賤徇私，高義白衣送。誰言劍術疎，我謀適不用。

借居鹿門寓齋聽縵亭，為誦東野詩有作

有屋不遑處，有田不獲耕。淒苦屬寒郊，昏燈諷深更。一讀坐長歎，再讀酸淚橫。某也借一枝，不寐尋其聲。詩鳴竟何事，偪仄蘇州城。

【附註】以上兩詩，應為一二八滬戰時所作。縵亭翁即前述龐次淮先生也。无恙此詩，亦頗近東野，作詩難得神似。此作庶幾近之。

全集佳作甚多，因无恙自定稿時，取捨甚嚴。今余選者，皆爲昔年曾熟誦之什，而復爲當時老輩所公認爲佳者，二十餘篇，介於當世，未足概其全貌也。又帥南先生並錄示无恙題畫詩一，係黃山紀游絶句之一，題畫以贈帥老者，蓋其未刊稿也，特併錄之於後，其詩甚奇，惜未得全

篇，以寫於大千居士近作黃山圖也。

媧女拏雲補豁崖，天都倒退入奇懷。臨深戒墮蚩尤霧，不待丁寧已活埋。

又无恙初稿後附刻陳仁先生曾壽致无恙論詩書二篇，亦有關詩學。帥老提議，附錄於後，亦詩學上重要文獻也。

一

无恙仁兄座右，前日季君枉顧，適值入城，未得繼奉教言，爲悵。承示大作，再四盥讀，真所謂神清骨冷無由俗者。佩甚佩甚。曾壽愚陋之資，何足以當下問。當竭其愚誠，聊爲江海之助耳。尊論悉具隻眼，非近日俯仰隨人者比。西崑何可疵議，山谷於玉溪最深。昔有人喜誦天地英雄氣詩，山谷以玉溪之天上蒼龍種詩示之。乃悟所見之淺，湘鄉頗窺此秘，故有太息涪翁去，無人會此聲之句。山谷句法，最有考較。可藥浮軟。其以鉤輈格磔爲山谷者，皆皮相之論也。老杜而後，得其傳者，爲昌黎玉溪。昌黎得陽剛之美，玉溪得陰柔之美。山谷外近昌黎，而內實玉溪。兼學禪理，故有味外味，非今日做宋人一派所知也。略陳妄見，未知當否，尚祈賜教是幸。此間消息緊迫，壽無力遷避，委天任命。無聊中作小畫，寄呈二幅，聊報厚惠，幸哂存之。陳曾壽頓首。

二

无恙仁兄座右。奉書飫聞名論，語語皆心得，至佩。竊謂香山如良田萬頃，可居可食。然非具絕大本領，不易學步，否則適得其率易。東坡亦白出，兼劉禹錫，能神通變化，遂如窰變觀音，其才大也。山谷于香山，亦用功甚深，有數絕句，改易數字，壁壘一新。學香山宜具此法門，玉溪七律，少陵而後一人。五古長篇，亦具勝境。七古則自昌谷出，稍平衍耳。作詩非從山谷過一番，不易立足。可兼參後山，較有入處。亦由其學視秦晁等爲深。立身亦有本末，尊論專事風花，味同嚼蠟。多言陵谷，又屬言高，誠千古名論。地位固視乎其人也。愚見如此，未知有當否，承注嘉招，古誼深致。感甚感甚。惟壽於日內奉先母靈櫬回里。未得他游，良晤俟之異日。作此書時，正砲聲隆隆，料理行裝，未得詳言，匆覆敬頌吟祉。弟陳曾壽頓首。丙寅十二月初二日。

【附註】民國三十七年余在津門，仁老為畫古松一幅並系贈詩，翌年余南行，遂不復見，今已逾廿載。聞仁老久已下世矣。

孫雄師鄭之文與詩

吾邑孫師鄭太史績學能文，久居舊京，以前清名翰林，入民國任京師大學堂文科總教習（即等於現在大學之文學院院長）經學史學詞章等等，無不擅場，昔年落葉詩，馳聲都下，和者數百家，極一時之盛，晚年生活艱苦，鬻文自給，其文稍稍濫矣，余不識孫太史，其常熟家居步道巷之屋，爲先師金叔遠先生所賃居，曰借樹軒。太史一歸，匆匆而去，及余民國三十四年冬自渝飛平，至西甎胡同訪謁，已逝世多年矣，十六年前，甫來臺時，在江西傅汝楫老先生齋中，曾見太史《舊京文存》一册，屢欲借觀，因循未果，今汝老亦歸道山多年矣，近寫雜識，偶憶太史之作，乃求之於汝老之後人，得文存一册，而詩存不見焉，玆選其中一文，有關詩學詩史者錄登之，其所作徐曙岑（徐曙岑先生諱行恭，以詩名世。）《竹間吟榭集．序》、曙岑亦熟人，民國二十四五年間，予因事游杭，曾共飲於樓外樓，贈我詩及其近作，其詩純粹浙派，出入竹垞樊榭之間，今其書亦不存矣。

徐曙岑竹間吟榭集序

詩有俚語，經顧寧人筆輒典；詩有庸語，入屈翁山手便超。此繆天目先生之言，沈確士宗伯采入別裁集詩話者也。吾於杭縣徐君曙岑之詩，蓋亦云然。曙岑爲吾甲午同歲生左泉工部之仲子，壬戌歲始相識。甲子春，延君倩士約入詩社。風雨披吟，樂數晨夕，與論古今事當否，及品藻人物，輒如吾意中所欲言。所爲詩深秀刻露，不落凡近，而又妙造自然，長篇短什無不工。社中耆俊，如半園澹堪退舟稼谿諸子，咸斂手推服。曙岑官郎曹有聲，迭爲計相所倚重，而翛然有山野之思。嘗繪〈西溪夢隱圖〉廣徵題詠以見志。戊辰之夏，都會南移，曙岑挂冠奉母歸越，徜徉於六橋三竺間，託市隱以自娛且以娛其親焉。嘗以近作寄余，如〈別舊都〉云：「人前一事差堪慰，歸去依然奉板輿。」又云：「準備廿年塵事了，綠梅花底掩柴門。」又〈滬杭道中偶成〉云：「道人未了瓊臺劫，貪看山河一局棋。」又〈薄遊湖上晚歸〉云：「錢王錦段今何在，五代殘雲卷綠蕪。」其胸襟風趣，可以想見。曙岑有女弟曰鏡芸，學詩於迺兄，寧靜而精進。嘗手寫曙岑十餘年吟稿次爲十卷，名曰《竹間吟榭集》，乞序於余，余諾之而遲遲未應。平生爲文，不假思索，譽我者謂如萬斛泉源，不擇地而湧。而此文獨遲之又久，負宿諾者逾年。蓋與曙岑契合之深，忽焉離索，不勝惘惘，即曙岑來函亦云：「曩者共事硯席，追隨杖履，視若尋常。由今思之此樂已如在天上矣，又何怪余之每一拈毫，輒覺悲從中來，百感交集，遂不能成一字乎。」大凡文章得失，惟作者心知之；他人所言，恒不如自述之親切有味。往者嘗於茗餘酒後，從容詢以得力之所在。曙岑自言行年二十有六，始學韻語。以賦性恬退，頗耆王孟。嗣則粗解聲律，兼治杜韓，逆溯騷雅。而於感時傷事之作；輒復擷玉溪之藻繢，敷協律之恢奇。長歌短詠，夫豈得已。至若記遊諸什，讀史讕言，或忘形於山水，或慨志乎簡書，直抒匈臆，寧待解人。居恒愛誦古人之詩，派無分唐宋，代無分遠近。性所喜者，則把卷反覆，弗忍暫釋。每嗤世上辨門戶者，政如村姑里媼跼蹐一隅，不識城市之爲何物。年來厭惡塵事，用志漸專。立意惟避凡近，著字懼落平庸，頗欲自躋於翦刻省淨之域，深媿學術膚淺，未能猛進耳。曙岑之言，甘苦有得之言也，余故備記之如右。後之讀者，謂爲龍門之自序史記也可，謂爲皇甫之序三都賦也無不可。詩稿斷自戊午，迄於戊辰，惟第一卷爲戊午己未兩年所作，餘皆歲各一卷，迭經曙岑手自删削，名章俊句，美不勝收。若題散氏盤拓本，坤寧宮觀新嘉量歌，題雷峯塔寶篋陀羅尼經卷諸作，即《亭林集》中之浯溪碑歌及勞山歌之嗣音也。自題西溪夢隱圖，苦雨落葉諸篇，又若與亭林桃花溪歌榜人曲淮北大雨秋柳諸作相賡和也。哀武昌行，鄰翁歎，讀五代史，擬行路難諸篇，則又與翁山集中弔雪庵和尚望晉恭王園及奈何帝諸樂府，有同聲相應之美。曙岑春秋方盛，今甫三十有七，鍥而不舍，吾未能測其所至。而今日所作，已可追蹤顧屈兩先生。若持較其鄉先輩西泠五布衣，殆亦無多讓焉。吾故以繆天目二語，揭諸簡端。他日有編選近代別裁集者，必有取於是矣。嗟乎陵谷滄桑，變幻不已，吾儕身世未知視顧屈兩先生何如，今姑不論。然嘗讀亭林與潘次耕書，規以勿比暱於豪貴之門。謂能奉母遠行，則緜山之谷，弗獲介推，汶上之疆，堪容閔子，知必有以處此也。今曙岑敝屣功名，護闈潔養，風節較次耕爲高，吾知必爲前賢所心許。又亭林〈告陳生芳績詩〉云：「留得一絲忠孝在，三綱終古不曾淪。」翁山〈贈朱士稚詩〉云：「神虹樂泥蟠，鴻鵠容柴荊。天地一塵垢，吾心獨太清。」又謁杜少陵祠云：「一代悲歌成國史，二南風化在詩人。」不佞於中夜不寐時，輒取兩先生詩三復之，願與吾曙岑共勉焉。努力崇明德，皓首以爲期。剝復貞元，天心不遠。請以此文爲左券可乎。

師鄭之文，稍見蕪累，以其敘述徐曙岑詩之故，特錄存之，曙岑暮年，滯留故里，曾浼徐定戡兄求其詩作未果，今不可得矣附識以惋惜。

師鄭之舊京詩文存，後有出版，其詩亦如其文，有累贅之感，然老輩劬學、隸事鍊句、亦復安適，特選錄其詩作若干首如後。

諸將五首

長白巫閭王氣鍾，干將百鍊養全鋒。寧馨育子誇雛鳳。反側鋤奸制毒龍。守隘如雲屯虎旅，交鄰未雨息狼烽。止戈爲武君須記，囊甲還宜事勸農。

韓文驅鱷筆攻心，諸葛征蠻七縱擒，天子未妨稱白版，秀才依舊賦青衿。鷹揚自若雄河朔、鷁退於今感漢陰。盼汝一匡成霸業，招魂哀郢不須吟。

將星光燄燭青州，歷下亭高峙錦秋。魯壁六經校魚豕，齊煙萬竈肅貔貅。留侯天授韜鈐略，臧穀宵爲博塞游。近婦飲醇疑自晦，黃金買笑不知愁。

江東獅虎擅英姿，勝算能操靜待時。形勢已成三足鼎，興亡坐視一枰棋。周旋壇坫魁羣牧，縹緲雲山望九疑。羊祜祭遵風未遠，投壺中雋且娛禧。

突起蒼頭奮異軍，江樓飲至酒微醺。湘妃露布曾馳檄，楚客風成善運斤。烹狗竟忘盟歃日，斬蛇不死伏疑雲。是非留待千秋定，暫學君苗筆硯焚。

丙寅三月京畿戰事甫息聞客言城外居民求死不得感賦長歌

寄呈王岷源省長永江

暮春之初戰鼓歇，破虜將軍來駐節。黎苗踴躍獻壺漿，苦訴水深與火熱。詎知鄭盜集萑蒲。雞犬聲驚守望呼。碧眼黃鬚迄相向。狐鳴同是跖之徒。嗷鴻遍野嗟無告，棄室奔亡攜稚耄。中宵巨雨叫天閽。惟求大吏誅橫虣。將軍下令法如山，廣漠行師首詰姦。毋犯秋毫誅悍卒，大開夏屋庇歡顏。露宿孑遺聞色喜，從今庶免填溝死。鋒鏑餘生命似絲。保障身家感一紙。一紙書賢十萬兵，焚香戶戶祝長生。韜戈不染青鋒血，拔幟休燒赤舌城。我聞民聽即天聽，不嗜殺人傳檄定。元黃龍戰道將窮，愛物仁民終決勝，使君易理夙研求，剝復貞元養闡幽。抽簪早筮天山遯，高臥元龍百尺樓。去年壽我貽雙鯉，論及廬陵五代史。扶持正氣愧無能，一車薪火一杯水。六經大義炳猶星，善戰天教服上刑。我盼火雲出山澤，救民蕩滌陣雲腥。

讀史雜感 六首

作俑蒼天降譴訶，虞廷德讓導先河。豺終祭獸三擒縱，鳩化爲鷹一刹那。窺玉東鄰慹蟄伏，布金西望悔蹉跎。叢編雜俎宜焚草，蟫蠹消磨奈志何。

還山不少鶴琴資，奮鬥猶思學老羆。牛耳執時惟舐犢，虎賁散盡竟爲犧。嬉冰早釋公徒甲，煮石難醫曼倩饑。疏附後先圖括地，萬民貧瘠已無錐。

空山架石降雲梯，處處巖牆運不齊。猶我大夫類邱貉，請君入甕類醯雞。險謀刻酷甘於醴，讖語悲涼血似泥。長日尋戈忘禦侮，婦姑膈膊反唇稽。

北門愁慘少雄風，遺孑周黎秉穗空。當道斬蛇逢赤帝，浮家騎鶴羨朱公。九州徧歷紅羊劫，六籍誰研白虎通。見慣司空鑾與觸，百年幸有痛爲戎。

烽火漫天行路難，幾人憔悴困長安。惠風已近重三節，激浪真同十八灘。無首羣龍潮洶湧，壯心老驥涕汍瀾。前徒漂杵尋常事，雨覆雲翻冷眼看。

天馬行空逈絕塵，出藍歀段亦難馴。鷹揚師旅中宵起，魚水君臣往日親。貴賤一朝分趙孟，戈矛終古挾張陳。夢中欲覓桃源住，雞犬桑麻誓避秦。

民　國 二首

水深火熱憫吾民，今日痌瘝集乃身。掃蕩空文勤教養。挽回浩劫仗慈仁。滔天九載經昏墊，轉壑羣黎盼拊循。吸髓敲脂誰作俑，須知地獄爲斯人。

求死早知無死所，謀生何處有生機。鬻兒典女餘資盡，封豕貪狼薦食肥。我佛心慈涵涕淚，子遺膚粟乏繒衣。但求監謗寬文網，察邇詢芻悟昨非。

張默君先生之大凝堂詩

民國二十年前後，國府定鼎金陵伊始。江南安定，郡縣宴然，余家鄉常熟尤殷富，飲啖爲江南甲。而風景秀麗，有破山劍門尚湖諸勝。京滬人士來遊者尤夥。二十二年間，邵公翼如偕其夫人默君先生，及張丈蒓鷗來遊虞山，余始獲識荊，初到傍晚，茗飲於新公園之茶寮，時四山欲暮，清風滿襟，先生發起吟詩，興極豪爽，翌日命肩輿遍遊西北山，飯於山景園，自是詩筒往返，偶有所作，必寄京請正，先生常剴切教導，及翼公殉國，國家多故，抗戰軍興，余奉父自家鄉至無錫溧陽間，步行越皖省，經武穴而至漢上。則謁先生於蔣雨岩先生府上。越歲至渝，則又相見，出其《正氣呼天集》，囑題一詩，並爲代徵先師雲史楊先生亦題一章，洎抗日勝利，余奉派北行，則歲時偶一通問，或郵致近作請正耳，民國四十三年余來臺，首謁先生於考試院之玉漈山房，先生極慨大陸淪陷，詩人名家，陷者甚眾，此間作家不多，頗感詩教復興之不易。自是每有近作，必以印本郵示，木柵離市較遠，不獲經常請益，僅於先生八十歲時獻詩一首而已。

近寫雜識，頗思一讀先生之《大凝堂集》，承成惕軒先生爲代假於周次長邦道先生，因得以盡讀先生之詩，先生之詩高華健朗，無待贅言，試讀散原石遺及翼公諸序，便可知其大略，真曠古絕今之才也。

先生少年贊襄革命，光復蘇州有功。故其詩才華飆發。及試士中州。值國家鼎盛，與翼公唱酬相處，故其詩龢聲鳴盛，清正而從容。及翼公之逝，繼以抗戰，則國仇家恨、血淚交凝，即《正氣呼天集》中諸作也。及渡海來臺，塊然獨處，撫時傷逝，益自衰頹，雖迭典試事，或有詩文之雅集，自先生視之，亦不過遣暇而已。洎先生病胃，入空軍醫院，一往未晤，再往而疾已不可爲矣。若先生今仍健在，則我詩學研究所同仁，喁吁酬唱，先生必能多多提倡也。爰將先生各集中詩篇，選介若干章於後，俾世之詩人，得以嘗鼎一臠也。

白華草堂詩

◎丁卯春孟送翼如之武林

送子淞水濱，春寒仍如翦。離憂深復深，渺矣碧波淺。海氣騰風雲，魚龍任曼衍。

我生逢百罹，奇抱鬱難展。感物愴所懷，微吟萬花泫。多難斯興邦，匡濟在黽勉。迴天同苦心，大雅肅章典。記取臨別言，味乃勝靈荈。此去凜冰淵，順時葆清善。

◎九日雞鳴寺豁蒙樓得采字

天遣風日佳，餘霞散晴綺。江雲媚秋空，湖光流眼底。爛柯覺齊梁，龍山看孤起。幽舉披煙蘿，騷客戾遐邇。荒荒豁冥蒙，山川一樓倚。梵鐘動寥泬，哀響激清徵。長干千卉彫，晚節黃花孅。抗世託荃情，肯爲歲寒改。葭露渺愁予，淒馨言薄采。一叟凝靈光，同來嗅霜蘂。浩歌赴青旻，真契花獨解。咨予慕玄嘿，徜徉有詩皐。天壤斯沈吟，少作子雲悔。故意接古悲，微悟邈神理。百感重登臨，側帽墜危涕。安得康世屯，林壑飽松髓。

◎海虞破山寺用常少府均

石破龍驚去，還餘松滿林。意同流水靜，行到白雲深。樅散六朝韻，潭空太古心。垂天涼欲暮，間作海潮音。

◎盧山秋興八首錄二

清霜錦樹媚寒林，五老蒼然萬玉森。疊巘飛泉動雷雨，空嵐擁霧幻晴陰。婆娑漫感蘭成賦，行軫應憐屈子心。木落洞庭秋水闊，鄉思斷續付疏砧。

夫容萬朵鎖晴暉，日御靈風上翠微。玉峽遙連天地碧，石梁倒捲水雲飛。餐霞豈必顏能駐，息壤從知願未違。落葉紛紛忘歲月，紫芝霜後正清肥。

◎維摩寺望海樓

千年丹桂老崇阿，莫待秋來始浩歌。橫撫滄溟吞落日，一襟海氣禮維摩。

玉尺樓詩

◎匡廬歸後甄士中州寄懷翼如兼簡次公

夫容天際夢清游，紉遍幽蘭五老秋。還冀濬渠安禹甸，忍教袖手看神州。崑山片玉詞林重，溟海珊瑚鐵網收。失憙梁園賓客在，夷門樂府韵堪酬。

◎諸弟陷湘賊中仁甫且傳噩耗，愴然入夢次蒓漚九日感懷均時在臺闈。

橫空雁字寫秋陽，強掠滄溟瘴靄黃。愛士孤懷瑩比月，嚮光雙鬢皎如霜。吟魂淒麗揚湘浦，啼夢依稀到舊鄉。握手若癡頻問訊，登高何處辟災亡。

西陲吟痕

◎過樊川

巖花含笑柳含妍，差似江南二月天。香潑松濤吹夢綠，雲林罨畫是樊川。

◎廿五年丙子元日爲翼如題西北攬勝。

流沙萬里氣如虹，絕徼瘡痍撫恰中。此去渥洼洗天馬，獨搴玄鶴過崆峒。

正氣呼天集

◎戊寅春翼公死難歲餘寇患方劇晤許靜老漢皋次均毅成

靈均蕉萃繞江行，淚雨還因舊雨傾。孰令奇冤懸絕徼，從教狂憤塞蓬瀛。河山待復看新運，文酒奚堪話舊盟。大義春秋吾敢忘，無衣難寫此孤情。

◎己卯秋子威以二律送予小隱滇之龍山詩佳甚次韻奉酬並簡海內故舊

浴夢泉香賦逸栖，綠天鰈強忍重提。凌秋紅葉爭詩瘦，渡水青峰罨樹低。手剔蒼苔銘醒石，心隨浩月印曹溪。杜門種菜渾閒甚，討古蠻荒恣品題。

松海無邊擁一廬，雲巢息羽此幽居。讀碑偶爾尋蘭若，安步差堪當筍輿。頹廈待支良木壞，舛途漫感故人疏。龍山還著藏心史，先爲行窩草大書。

◎哀憤七章（臺北庚寅四月十四日爲翼公六十冥誕及殉難西京十四週年作）錄三

瘴海吞聲奠一杯，差同皐羽哭西臺。而今大陸無完土，裂破肺肝天地哀。

高搴玄鶴渺難攀，西指崆峒去不還，應念婆娑洋上島，如潮紅淚濕青山。

噀血呼天天若瘖，何當呵壁問天心。寶刀未快殲仇憾，十四年來刻骨深。

揚靈集

◎三十六年丁亥江行六疊開均錄二

霜滿江天姽嫿開，十年雪恥此歸來。匡時定亂吾曹事，重對山靈誓一回。
浮嵐紅樹畫圖開，放眼千秋百感來。收拾塵勞成獨嘯，風雲恫撫已多回。

瀛嶠元音

◎詩教

媺倫成化尼山旨。輔世哀民楚屈心。應識古今詩教理。撐持天壤此元音。

◎屈子二千三百年祭同于右老作

洞庭鬱元氣，正則生熊湘。騷經邁千祺，日月爭光芒。延佇結蘭茝，侘傺終馨香。既製荷芰衣，還巢芙蓉裳。儵然撫長劍，玉珥鳴璆鏘。修路以周游，邅道崑崙岡。所志在邦仇，飛矢射天狼。幽思雲中君，誠敬歌東皇。晞髮陽之阿，呵壁問天閶。獨醒溷眾醉，孤憤中心藏。草木且未知，珵美何能當。灝蕩怨靈修，忠貞其信芳。開繼亙萬古，寧止詩之王。賊仁與疾賢，今昔同披猖。朝誶而暮替，出處閱興亡。民生哀多艱，掩涕襟浪浪。莫與爲善政，往矣彭咸鄉。清白以死直，思雄齊國殤。愴惻指西海，神宇狂啖張。晶蟾黯翠巘，碧虛咽寒江。二千三百年，騷人懷不忘。青山紅泪濕，瓊斝醲天漿。

先生詩凡數千篇，七言古詩，尤具氣勢。嘗語猷作七古音調之秘奧。茲以篇幅所限，略而未錄。此摘抄之二十首，皆先生精心之作，可代表其各個時期者。世之仰望先生者，若未得全集，讀此數章，亦可概先生之詩筆矣。

翁文恭公同龢之瓶廬詩稿

翁文恭公同龢，文章政事，炳若月星。餘事臨池，亦開晚清一代宗風。獨所爲詩，爲政事及本書名所掩。世人未甚熟悉，頃承友人贈我武昌刻本《瓶廬詩稿》一部，又託友覓致先師翁忍華先生排印本一部。兩本俱集，極爲歡喜。文恭之詩，淵源深厚。胎息漢魏，而致力少陵。晚年喜學東坡七古，下筆神龍夭矯，舉重如輕，加以平時博極羣書，揄揚士類，出其門者尤多淹博之士。故其忠厚悃愊，不假雕飾。而自然之感情，溢於言表，晚年被譴回鄉。睠懷君國，雖徜徉乎江湖之上，而心憂乎朝廷。其言婉約而不傷，憂思而不怨，真小雅之旨也。至其題詠之精妙、考證之謹嚴，於詩中往往見之。近代詩人除沈寐叟外，鮮有抗衡者，茲介各體詩如後。

王蓉洲世丈觀察閩中詩以送別

春星纖纖雪花白，如海齋中夜送客。客云庭樹尚婆娑，昔比人長今百尺。月櫺風幔開修廊，舊巢尚憶紗縠行。畫圖約略寫陳迹，幅巾瀟灑重升堂。此堂此樹知誰有，且喜吾儕共樽酒。百年喬木見孫曾，三世淵源重師友。乾嘉以來溯邑賢，海州肅縣相後先。夜堂沉沉花市屋，春風泛泛胥江船。法曹累歲連車騎，手檢爰書互咨議。一語呼回佛海波，萬金難抵雲天誼。（龢爲刑官治獄失平吾丈救正之）我今入直明光宮，微涼獨詠孰與同。迴翔仗下不忍去，殿角立盡罘罳風。看君持節還鄉里，父老將迎路人喜。愼勿輕爲轉海游，桐江波軟松舟艤。嶺南人物工辭翰，可惜溪山土風悍。濂洛眞傳闓學多，本朝閎博安谿冠。寬厚和平孝且慈，使君宜作吏民師。他時編校南豐集，豈屑長箋貢荔枝。

辛巳二月，過澹齋先生邸舍承贈詩扇依韻奉酬

春星如月雪風涼，客話無多別意長。暖閣矮屏傳燭早，官廚行竈煮茶香。小詩漫試凌雲手，淺酒聊寬吸海腸。極目榑桑青未了，萬波聲裏百靈藏。（萬萬波波笛中語也）

廿五年前首重迴，天涯蹤跡各驚咍。何期彭澤先生柳，尚寄江南驛使梅。壽骨君家生百種，笑顏塵世若爲開。蓬蒿門巷清如水，莫訝雞林舊雨來。

己丑秋，同龢暫假歸里，同人觴之於虛霩園，蓋曾氏之園也，明年春，君表比部奉其曾祖勉耘公歸耕圖遺象求題敬次先公詩韻二首，君表將歸即以送之。

十載不歸田，慼慼軫夢想。歸來三十日，此願亦虛枉。故人知我歸，雞黍集親黨。側聞二老閣，尚有舊題榜。湖天固無恙，筦鑰今誰掌。同儕兄弟行，無復吾師丈。近聞多漏略，況迺溯疇曩。廓園秋荷花，零落獨矜賞。卻思百年事，敬嘆雜惆怏。吾祖潛虛公，一官適蒼莽。同時二曾子，（勉芸公牧庭公）笙磬答幽響。宦轍分海角，古誼在天壤。惜乎南豐圖，未寫叔茂象。還朝得展拜，余齒嗟已長。便擬速歸耕，湖田數來往。

古人守一官，患澤不及民。今人愛官職，惟思富倉囷。苟無匡時志，朝野理亦均。辛峯有大雲，醞釀無邊春。追蹤陶（子師公）與翁，（吾七世祖上杭府君）施教雒及閩。融融化梟鳳，蕩蕩平畦畛。君看秋水園，（伊墨卿先生）題詩墨猶新。上言操守潔，下言吏職勤。部民所身受，諒非諛頌文。經術久凌替，仕途多荊榛。時流騖新學，賢否何由甄。要當表清官，庶幾公道伸。孰不說歸耕，此誼未易臻。從來進退際，悉本道德純。淵幾名賢澤，奕葉尚未湮。不羨好園池，羨汝棫樸薪。文章為世出，忠厚及物仁。用以啟後昆，亦以答先人。

臨黃小松載書圖並依原韻律句一首送姪孫炯孫南旋辛卯冬日

行矣從茲別，歸歟不可留。艱難思舊德，沈著勵潛修。體弱須珍護，途長莫浪遊。殷勤載書去，置我最高樓。（謂救虎閣）

白玉本十三行為獻叔世講題

雜遝羣仙事有無，神光離合太模糊。陳思亦喜幽并客，未肯低頭受玉符。
湖上平章亦可憐，建儲送款巧周旋。至今一片西泠石，賺盡書生十萬錢。
碧玉清剛白玉肥，較量波拂到纖微。近人別具談碑口，頓覺承平老輩稀。

吾友吳君儒欽，竹橋先生曾孫也，一日於市中得范公贈先生敘裝卷命題敬賦二首，辛丑五月廿三日

一序尋常耳，流傳百卅年。魂歸大江水，（東莊先生自沈於江）夢斷小湖田。款款真交誼，匆匆況別筵。從知性情厚，自不落言詮。

三世楹書感，曾孫九十翁。攜笻來市上，挾筴過牆東。屬我題詩句，因之溯古風。碑陰先友記，敢說柳州窮。

隱廬偶書

秋來吟事劇縱橫，細雨斜風送滿城。昨夜月明霜信緊，高空野鶴一聲聲。

山中日日有詩筒，奔走畊奴與牧童。老健吟聲聲若雨。湘西頃刻到湘東。

安排江路載書遊，移置山巢木板樓。傳與兒孫勤講貫，丹鉛何敢問千秋。

題石西亭小像

絳縣疑年老，商山辟地人。古來賢達士，不與世緣親。袖手能平亂，傾身爲濟貧。更聞安樂法，照澈夢中身。

仁里斯爲美，蕭然此卜居。隔牆聞擊柝，借屋許藏書。頻餉箕山果，因求笠澤魚。具區三萬頃，何處訪君廬。

賈右湄山水卷子和林吉人韻為沈石友題

華亭仙人已長眠，右湄秀出康熙年。當時太平氣象古，山川穆穆羲皇前。雖然矮紙亦奇絕，一掃萬壑澄風煙。老夫論畫如論史，欲觀滄海先源泉。時和物遂性情正，元氣亭育秋毫顛。苦瓜蝶叟非不好，惜哉鑿破鴻濛天。

題楓嶺碧血圖癸卯九月廿六日（蘭州於咸豐戊午殉難江山傅志詳之題者盈軸）

昨日喧傳警電至，瀋陽城頭屯敵騎。中原致死豈無人，草野孤臣空涕淚。今朝睹此碧血圖，朱君仗節雄千夫。莫言蝨官職任淺，鐵石肝腸膽滿軀。我謂朱君猶不死，朗朗鬚眉照刻紙。江郎山碧杜鵑唬，越調招魂竹枝裡。吁嗟乎男兒大節在致身，不辭白骨飛青燈。世人各有一腔血，爲正爲邪要區別。（道有妄言流血者效及之）

金門送菊次韻謝之

書生何事切民瘼，怨句頻仍未可刪。今日聊爲我重九，白衣烏帽坐看山。
小把斜簪已足珍，千枝萬蕊更芳新。是誰錯解靈均賦，歐九應非不學人。

仿和州學博兩首

蕭蕭落木下亭皋，意與孤雲獨鶴高。祇感眼前多罣礙，亂山無次湧波濤。
山齋雨坐漫焚香，几淨窗明竹樹涼。午睡起來無一事，自磨殘墨寫瀟湘。

清明節墓祭有感

翦翦風光麗，匆匆節序更。桃花小寒食，麥飯正清明。春樹如含淚，青山尚有情。可憐道傍柳，只解送人行。

山中即事

不厭粗衣與菜羹，老夫即此足平生。未知世上風波惡，但覺山中草木榮。得句已忘還自喜，逢人無語亦多情。近來筆硯都拋卻，添得松風流水聲。

三月望舟中

拒客因生謗，尋詩且避譁。估帆來往影，村樹淺深花。魚鼈思登壟，汙邪祝滿車。

便應從此逝，洗耳水雲涯。

山居即事

豈是高人宅，居然竹樹幽。家貧千卷在，野闊一窗收。山卉穠如錦，湖船靜似鷗。莫言腰腳勝，近已怯登樓。

山居雜詩四首錄二

來時婉娩嗟春暮，去後纏綿戀主恩。新作茅堂無一物，可憐猶覓舊巢痕。

南漪杜鵑色太腴，鄭家銀紅天下無。桃花羞落牡丹避，天遣穠纖慰老夫。

文恭詩武昌本，共有一千餘首。今僅錄二十八首。並特錄七古五古若干篇，俾各體全備，公七古頗似東坡，蓋才大而閱歷多也。五言律詩，莊重蒼勁，頗似亭林，其源實出於老杜，七絕則空靈絕妙，寄託遙深，燕子杜鵑兩絕，讀之令人迴腸盪氣，確乎其爲詩人之詩。蓋用意深而出語淺，所以佳也。文恭詩，余爲童子時，在翁忍華先師處，熟誦而牢記之，今四十餘年，燈下重讀，益覺有親切之感也。

先師楊雲史先生之江山萬里樓詩

先師之詩，名滿天下。余隨侍十年，由里門以至香港，受教獨多，民國三十年冬，先師逝於香港，流風遺韻，至今報章雜誌，尚多談論，並登載其詩。亦可見師作感人之深，而流傳之遠矣。

先師之詩，專事盛唐。曾寫信示余云：「宋人詩除東坡七古外，其餘概不入目」。可謂壁壘森嚴，但比先師老一輩如同光派諸老，對先師之詩，亦頗有微辭，以爲先師不做宋詩不是彼等一派也。吾邑（常熟）諸老及較先師年輩較晚者如楊无恙錢仲聯諸先生，對先師雖然很恭敬，但談到詩亦不免另有看法。

先師逝後數月，余因父喪，自港去滬，曾作哭先師詩五言律四首，以呈同邑龐次淮先生樹階閱看，結果獲得評論，「極像雲史」這四個字，意思並不是誇獎我的詩，而簡直說先師的詩雖好，而不算頂好。我不過極力學師而已。當然次淮先生畢生致力孟東野及梅宛陵，難怪與先師，格格不相入也。

亦有譽先師爲詩王詞聖，先師並不高興，反正得失寸心知，決不肯以人言，而改變其風格，中年以後，隨吳子玉將軍轉戰各地，其詩蒼勁激揚有兵革之音，其句法章法純然老杜，至情肫摯，一唱三歎，當世蓋無儔焉。

但另一面，先師幽深清秀之詩，亦爲人所不及。蓋得力於王、孟、韋、柳者甚深。民國廿一、二年先師家居之時，我常往請益，記得江南梅雨季節，先師登樓避潮濕，蓋久居北方高爽，氣體不習也。每往，輒見其手把王、孟、韋、柳四家詩一部，隨意翻閱，因此知其得力所在，且先師少年時，從西崑入手，細膩熨貼，和色澤音調方面早已不成問題，以他隱士之高懷，寫摩詰等之五律，益見清新悅目。入中年，又一放而爲蒼勁之少陵，豈非大成也哉。

先師晚年在港作詩甚多，大約自江山萬里樓詩詞鈔已刻之後所作。（即包括抗戰前在家鄉一段時間所作）約編爲四卷，香港被日人攻陷後，由吉孚世兄帶到重慶，曾匆匆一閱。當時年輕，不知此稿之可貴，今大陸淪陷，吉孚逝世，此稿是否尚在天壤，只有用心訪求，再圖刊布耳。

此未刊四卷，工力深邃，似不復拘拘於唐音，七古，五古七律諸作，皆趨蒼老，洗鍊一過，獨五律依然清新保持其澹遠閒雅之風，先師各體，我嘗謂集中幾篇長慶體最佳，而長平公主曲，尤足以抗衡梅村。音節之細，氣勢之盛，詞藻之贍，用意之厚，尤非普通詩家可比，誠卓然詩史也。茲介紹先師詩如後：

過萬山王粲宅

江流雲夢外，柳暗大隄前。漢上多名士，登樓懷仲宣。夕陽山不盡，春水鳥無邊。想像舒長嘯，寒聲落暮煙。

夜次白河縣熱甚舟中望月

翠微摩碧落，萬木擁孤城。石壁聞人語，溪雲似馬行。天明山月出，江熱曉蟬清。一宿空舟客，淒淒遠路情。

竹溪縣寺

峰亂客心急，流清帶驛亭。孤村風葉脫，一郡好山青。松密午聞露，竹深晝見星。上方人跡少，猿鳴亦聽經。

戊申之秋，外舅李公伯行奉使英國，奏調司書記星架坡留別王嘯龍章一山諸同年七首錄四

幽州早雁拂邊樓，畿輔雲山動地秋。算是乘舟非戀闕，斷無投筆爲封侯。五溪衣服浮家樂，四塞風雲去國愁。萬點青峰青未了，中原盡處是崖州。

扶餘真定事如何，奉使仙槎初渡河。大野星搖聞戍角，海門月落起夷歌。獨來島國衣冠古，每看天文涕淚多。醉後醒來人不見，匣中長劍儘摩娑。

市隱郊居意自寬，還從杯底覓清歡。茫茫落日長途遠，寂寂江山獨立看。物外初聞雞犬地，枕中曾見甲兵寒。龍門馬坂渾閒事，百尺樓中酒不乾。

散衙歸山衆客必至婦自治酒食日以為常

挂席滄州趁好風，抱琴彈向海山空。中原分野星河近，南國樓臺瘴癘雄。人笑書生逐什一，天教此子脫牢籠。文螺紫貝尋常物，異日臣佗口舌功。

雲昏草暖望鄉關，萬里驚魂逐夢還。百國歸來吳楚小，萬方多難海山閒。秋來紅蓼白蘋裏，人在靈均宋玉間。聞道九州皆落日，捲簾置酒看江山。

庚戌秋回國赴鄂州

鳥下吏人散，停車水木邊。夕陽閒洗馬，新月亂鳴蟬。燒竈山中竹，煎茶屋後泉。殊方能健飯，調護覺妻賢。

夏夕山月如水，呼婦夜起煎茶廊下，朗吟眉山冰肌玉骨清涼無汗之句，幽興橫生。

開廊延皓月，移時月入室。空江生夕明，夜綠參差滴。喜呼妻不眠。相與賞佳夕，湘簾半捲垂，瓊戶步響屧。暗沼荷風來，幽檻蘭氣逸。羣山繞一樓，碧海當几席。披衣拭玉盎，煎茶屏侍役。月上茶煙清，茶煙向月白。竟日斯時清，百念斯時寂。佳景厭人多，清宵勝白日。世人都昏睡，未解賞幽密。

題程康聞笛圖

兵馬滿天地，哀歌江漢間。斯人余不識，把劍孰追攀。煮酒從天醉，關門覺世閒。樓空黃鶴去，一片武昌山。

中秋夕飲昆明湖上

玉帶橋邊秋藕清，蓬萊宮裏少人行。水天清露月中落，松下房木鶴一聲。水晶簾捲夢清清，月裏呼船載酒行。爭看詩人開水殿，夜光杯子酹昆明。

仙舟飛下彩雲端，羣玉山頭把酒看。天下樓臺都見月，不如此處最高寒。

暑日即事三首錄二

棐几鳴蟬落，高齋秋色新。殘荷相向夕，疏雨更無人。靜裏心何在，閑時我始真。淵明能獨樂，詩酒亦終身。

水木自明瑟。溪山人讀書。綠陰清雨後，晝寢上燈初。荷氣野風合，蟬聲新月疎。何如晏元獻，宴飲未曾虛。

早春鄉思

春來有客悵天涯，春在天涯人在家。晴日烘簾梳洗暖，繞床十六樹梅花。南窗池暖水仙肥，此日春光滿繡幃。料得拔釵坐花影，撥開春雪種當歸。

洛陽秋晚送南海先生西游關中

崤函如畫裏，鞍馬向秦州。紅葉天風至，寒山水急流。似聞逢尹喜，他日記青牛。一宿仙人掌，清詩滿驛樓。

及關懷萬古，東望洛陽宮。河色暮來迴，邊聲秋更雄。二陵搖落外，六國有無中。一著戎衣日，荒哉戰伐功。

潼關天下險，駐馬一沈吟。此地中原盡，況當秋色深。車箱落楓葉，驛路蒼山林。想像西巡狩，旌旗過華陰。

秦皇島軍中即事

榆關金鼓接胡天，夜夜將軍帶甲眠。沙上月明橫萬騎，殺聲都在五更前。

遼海雲深起暮笳，匈奴未滅若爲家。中軍夜半傳新令，萬幕天高月滿沙。

一夕班師戰壘空，他年猿鳥弔英雄。從今月小山高夜，付與詩人淚眼中。

行人垂淚說金牌，畢竟今哀勝古哀。昨夜盧龍城上月，五更猶照廢營來。

榆關紀痛詩十首（錄四餘從略）

六合軍需動，安危仗令公。長驅二十萬，鼓角下遼東。不以兵車力，何由袵席功。執鞭吾所願，長揖事英雄。

吹角平原裏，青天萬馬鳴。關山秋月白，刁斗滿長城。豈不念妻子，其如輕死生。

夕烽看未了，浩蕩意難平。

海角孤軍寄，男兒涕淚中。天乎非戰罪，行矣豈途窮。患難威逾重，艱危氣更雄。國人皆曰殺，豎子敗全功。

繞樹飛三匝，崎嶇江海連。家山天末路，風雪夜行船。部曲中原盛，聲名絕域傳。虎牢天下壯，笳鼓洛陽邊。

送某顧問出山

衣上洞庭雪，因君一把杯。投詩入江去，送客出雲來。此地難爲計，斯人大可哀。劇憐庾信宅，萬里發寒梅。

江頭見雁見燕時武昌圍城急將陷夏口隔江時望見之

可憐漢口夕陽斜，燕子飛飛秋草花。莫向烏衣問王謝，尋常百姓已無家。

高臺可望最傷情，兵氣秋高搖落清。滿眼風波翻落日，一行新雁過圍城。

送人之潼關

秋山紅樹見潼關，一曲黃河立馬看。此際置身天險裏，滿衣落日覺詩寒。

鄭州贈黃參議

爾我同蕭瑟，詩人亦可哀。艱難猶戀主，歌哭一登臺。落日營中大，孤城雪裏開。
干戈攜八口，妻子賊邊來。

此摘錄之三十餘首，固未足概先師所作之全貌，且七古篇幅較長，未能迻錄。其悼亡詩及漢上贈陳美美校書諸詩，雖傳誦一時，究非先師致力之作。

先師之詩，神清骨秀，吐屬之佳，一時無兩，後人學之者。類得其貌，而未得其神，即余隨侍多年。昔年所作，已有所近似。但近三十年來，時局推移。人事遞邅，已去師日遠，自知靈心日汩。深負師門之教訓，十年前曾託友覓得先師《江山萬里樓詩》集一部，爲之狂喜。題詩一律，茲附錄於後，藉誌追憶云爾。

烽火遺書何處尋，開緘恍坐石花林。推敲每就明燈畔，斟酌時從茗椀深。躑躅何曾酬盛德，流離無復見唐音。炎洲一別成千古，憶過山樓淚不禁。

常熟謝家橋雙忠廟古銀杏圖卷之題詠

月前友人許君以一手卷見示，係吾邑邵息盦太史松年家故物。此卷本在邵太史之公子厚甫處，厚甫久官北平，與先師楊雲史先生爲至契，抗戰前後逝於北平。依先師《江山萬里樓詩》中而推想，當年亦翩翩佳公子也。

此卷發動於翁松禪相國，緣松禪老人被譴回鄉後，時棹扁舟，遊覽江村景物，據其日記稱，是日赴謝橋見此兩銀杏，歸而圖之，並系一詞。原屬一時游戲筆墨耳。老人逝後，此圖輾轉爲邑人龐劬庵中丞所得，邵太史見而愛之，遂請老人之甥俞金門先生摹之，是複本之始，又不足，益以潘幼南文熊，彭叔才汝球，王瑞峰慶芝及息盦太史自爲圖，及金門先生摹本，計爲圖五。按潘幼南爲清進士，後任鎮江某書院山長，彭汝球字叔才，邑諸生，翁氏綵衣堂之西席。王瑞峰爲王石谷後人，曾任浙江慶元縣知縣，名列浙江循吏傳。息盦太史翰林外放河南考官，於邑中藝文掌故。最爲留意，輯有古緣萃編，紀其收藏。又輯海虞文徵，亦爲巨帙。松禪老人所作一詞，則已在瓶廬詞鈔中矣。此卷題咏，邑中耆老，多作七古，考證精詳，詩亦甚工，後厚甫所求諸家，則似爲應酬之作矣。茲將卷中題咏各詩，分錄於後。

翁同龢　松禪

浣溪沙

一埽江鄉萬木空，眼前突兀各爭雄，何年僵立兩蒼龍。　象設荒涼碑記黯。拂衣肅肅有靈風，微聞野老説雙忠。

此本之原題，今首錄于此。

俞鍾穎　君實

釜山塘走靈潮水，叢篁夾岸寒雲駛。岸畔雙忠古廟前，兩株銀杏參天起。東平孚應留浩氣，飛洩直通天尺咫。一株夭矯凌虛空，拏雲捉月如虬龍。霜皮皺裂結瘿瘤，槃根磊砢紋青紅。一株杈枒更倔強，鴨脚葉脱枝偃仰。似經雷劈中心焦，生意鬱盤互雄長。大樹有神庇遐邇，不獨雙株空萬象。瓶廬國老山居時，丹青造化筆一枝。自辭禁苑音聲樹，七載西湖作硯池。山樓獨坐萬緣寂，手撫玆樹殊瑰奇。橫空盤硬法篆籀，想見點筆拈霜髭。大廈棟材委草莽，冰霜凜冽松楸悲。鹿門耽隱夙嗜古，珍此畫本神爲怡。呼朋載酒游北郭，攜圖對樹哦新詩。胸中磊塊快一掃，昔聞此圖今見之。所嗟莽莽人間世，雲天搔首層陰蔽。上林玉樹摧爲薪，荃蓀搖落神莫翳。若使松禪師尚存，目斷蒼梧同雪涕。幸哉此樹隱江鄉，不懼疾風來猛厲。山魈木魅縱喧豗，古廟無僧門靜閉。天生勁節肯屈撓，無數樗庸皆睥睨。萬事浮雲過太虛，無多古蹟留枌榆。招真七檜靈根拔，吾谷千楓石髓枯。況逢荊棘塞天地，對此嘉植增長吁。江南黃葉村蕭疏，停橈悵望燕雲趍。謝橋古木斜陽裏，此意行人識得無。

龐鴻書　勁亭

霜林脫盡長風勁，老幹淩空勢特橫。叢祠野岸俯寒潮，對立隱然君子正。或云平仲乃古名，葉如鴨腳森高擎。肌理細密類文木，雕鐫裁製最中程。仰觀有如雙闕列，巨可比牛豎多節。膚皴石骨旁生癭，枝蟠篆勢力屈鐵。千年靈根逃斧柯，盤鬱不啻藏巖阿。若非里社耆年慎護惜，定煩雙忠靈爽爲撝呵。松禪作圖下筆迅，咫尺儼如聳百仞。寒林詎必仿李成，枯樹應知傷庾信。我來摩挲坐樹側，重披斯圖三太息。圖今與樹屹相向，喬木依然令人軾。君不見梁時七檜析作薪，星壇荒穢叢荊榛。又不見紅豆山莊化塵坌，野田孤幹無人問。獨留此樹依寒塘，兩虯挺角立不僵。櫟社未邀匠石顧，豈有黃鵠來翱翔。亦知材大古難用，磊砢猶應爲世重。小石山之招在何許，更疑作亭效楚頌。舉盃相酹仍留連，回看林杪生暮煙。息盦髯叟詩在手，我歌和之寫向圖之右。

沈汝瑾　石友

喬柯撐空白日冷，雙忠廟前兩銀杏。森然並立天地中，巨靈舒掌難摩頂。海風不搖雷不打，萬古貞心懸耿耿。輪囷離奇氣雄猛，蛟龍糾結獅吞併。鐵石肝腸山岳精，如見前代忠臣影。移栽不知自何年，枝幹雖別根自連。東西對立地不偏，廟中神像亦比肩。雙忠靈爽實憑此，正氣上貫蒼蒼天。雙忠張許名氏傳，緋袍烏幅唐衣冠。或云種樹當胡元，成神久在元之前。魂遊故國月明夜，枝上時時聞杜鵑。我曾吊古樹下坐，黃葉落盡蒼煙鎖，掀天蓋地樑棟材，未見開花能結果。廟祝對我言瑣瑣，月黑樹頭降神火。鴿峰相國昔來游，畫圖吟詩泊單舸。滄桑變易翻乾坤，雙忠無恙雙樹存。榮枯依舊秋復春，以外羣木皆兒孫。忠義性質豈肯改，直躬不屈難爲輪。歲寒松柏堪作友，樹抱堅貞人少有。忠魂與之永相守，金石同堅長不朽。

俞鍾鑾　次輅

廟前兩樹參天起，根凝碧血苔花紫。胡元對立到如今，樹與忠魂同不死。瓶廬退叟曾看來，羣昏忘卻秦雲哀。幽篁蔽天望不及，手撫銀杏腸百廻。國無人兮樹有節，溝水東西兩隔絕。痛將墨筆寫雙枝，斑斑都是心頭血。圖成公逝星芒寒，金甌百裂早洞看。不然鴿嶺雲歸日，説甚傷心到蓋棺。攜圖重吊今何世，故舊門生尋茇憩。圖中樹與廟門株，神出九天根九地。海水忽立雲下垂，四株鐵幹相枝持。樹猶如此人何在，獨立蒼茫看北枝。

邵松年　息盦

雙忠廟前雙枝樹，老幹參天薄雲霧。閱歷滄桑千百年，霜皮黛色猶如故。一如潛龍出幽壑，氣挾風雲有餘怒。一如巨獸張爪牙，勢欲攫人深可怖。五人合抱不能圓，作勢蟠空蔭周布。居其右者半心空，大材若被神靈妒。我初得見松禪圖，欲往從之空泂泝。今日招邀出郭來，謝家橋畔艤舟住。以圖證樹並奇崛，尺幅雖小體則具。乃知圖爲樹寫真，大筆淋漓有神助。吁嗟乎此樹不生叢林名刹裏，往來足供騷人賦。又不生通邑大都古道旁，比諸樾蔭羣奔赴。託根鄉曲枌楡間，日爲村童牧豎爭攀附。猶喜樵斤不敢尋，一半尚賴神呵護。盤根錯節多奇材，溷入風塵易隱埋。惜無石壁可題字，記我六人曾繼松禪來。

陳寶琛　弢盦

蓊鬱真疑毅魄憑，騷情賡續託溪藤。岫雲寺裏參天黛，輸與山僧說廢興。

【原註】潭柘佛殿左銀杏高十數丈，聖祖臨幸，旁生一枝。高宗駕臨，復生二株，皆數丈，寺僧稱為帝王樹。

袁勵準　中舟

丹青老至自然諳，試看松禪與息盦。木本有材人所美，樹猶如此我何堪。謝橋偃蹇於今見，潭柘婆娑記昔探。欲拜叢祠抒仰止，披圖空自憶江南。

寶熙　瑞臣

虎攫龍拏氣鬱蒼，忠魂所化辟風霜。岫雲雙幹無人寫，南勝何如與北強。吳都平仲始名傳，蟠屈霜柯不記年。喬木世家零落盡，披圖重似見桑田。

金梁　息侯

雙忠廟首雙銀杏，正氣長留萬古春。莫問海桑今幾變，千礲百折永如新。

以上爲此卷舊有題咏，余復爲考證雙忠廟之由來，亦賦七古一章，以書於後。茲錄如左，亦今年之勝事也。

題常熟謝家橋雙忠廟古銀杏圖卷

吾邑謝家橋雙忠廟，祀唐張巡許遠兩公。廟門外有古銀杏兩枝，據常熟縣志云，爲元時所植。又載東平忠靖王廟，在嶽廟左，祀睢陽張公巡；又孚應昭烈王廟，在嶽廟右，祀睢陽太守許公遠，則皆在邑城內，且廟名與神不符也。又據《清會典》載，張巡稱顯佑安瀾甯漕助順之神，祀于浮梁、丹徒、清河；許遠稱威顯靈王，祀于山陽之高堰。吾邑非秩祀之地，惟自明宏治以來，邦人尊祀惟謹，分建廟宇甚多，時合祀兩公者，稱雙忠廟，而福山城內，亦有雙忠廟，萬曆時建，已廢。此古銀杏，係謝家橋雙忠廟前之物。此卷則爲邵息盦太史所摹瓶廬複本，題詠諸家，多邑中耆賢，且有猷所及識者。抗戰迄今，三十餘載，兵塵飄泊，家山睽隔，不知靈木尚無恙否。展圖慨歎，紀以長詩。庚戍夏五月李猷。

神行在天無不止，精魂久護長江水。雙忠餘氣結高枝，謝橋銀杏干雲起。對峙嵯峨發古姿，亭亭雙蓋碧如洗。矮廟寒塘日夜潮，千秋萬歲長如此。我昔童時侍父游，手摩雙樹稱嘉美。長枝偃地蜿可升，闊葉遮天陰及趾。久覽唐梅宋桂奇，當時只覺等閒耳。瓶廬詞句記猶新，蒼龍顏色圖無改。文恭遲暮竄江鄉，孤忠耿耿懷廟廊。撫茲靈樹輒三歎，歸舟白髮徒迴腸。豈獨游觀與弔古，可憐字字皆冰霜。兵塵久已原本矣，今見此卷亦琳瑯。故鄉一隔三十載，松楸魂夢時神傷。家山殘破不堪想，焉知此木未摧戕。一縑幸尚留天壤，雙忠藉此長垂光。收京復土思猛將，安得什百張睢陽。

先師張仲仁先生之心太平室詩

先師吳縣張仲仁先生一麐，為吾蘇耆老，猷於民國廿年在蘇州參加金松岑先生創辦之中國國學會時，始獲識荊，其時先師甫六十有餘，頹然一老翁矣。抗戰軍興，先師避兵木瀆山寺，首創老子軍之議，雖經當局勸阻，請其別謀靖獻，但鼓舞人心，已收功不少矣。先師少膺清經濟特科之選，其資格與進士翰林相等，以第二人及第。後佐袁項城幕，夙為項城所敬禮，入民國一為總統府秘書長，以力阻袁謀帝制，意見不合，出任教育總長，非所願也。晚歲家居為東南之領袖，省有大繇役必咨而行，可見先師德望之尊矣。抗戰時，蘇州淪陷，由蘇至滬復至香港住九龍漢口道九號四樓，是時猷暫寓同路九龍大酒店，與師望衡對宇有事為之服勞。一日師以所著《心太平室全集》手稿，屬為校閱，其稿盈尺，幕府之作亦與焉。猷以竟月之力，為之校正傳寫錯誤之處，師甚得意，鄭重詔猷曰：「我集端有全部門人姓氏，今足下為我致力甚勤，且文采斐然，我已將足下之名，列入弟子行矣。」當即感謝，老輩之不苟如此。及同至重慶，先師居打銅街交通銀行二樓，猷則居四樓為董事長錢新之丈任秘書工作，又得朝夕相望。是數年中，先師體氣甚佳，參政會議發言甚多，尤受各方重視。民國三十二年以肺疾卒于重慶，若近年之醫藥發達，師必可致期頤焉。師逝後十餘年，錢丈新之語猷曰：「余昔之特器重于君者，實仲老爲我言之耳。」老輩之提掖後進，不期令人知以免知所倚賴，其用心之深尤可佩也。師不以詩名，然詩文均才華高邁，蓋讀書多而閱歷廣有以致此，其吐屬非尋常人可到也。茲擇其集中佳作，錄后，以見先師文字之一斑也。

周迦陵以先恭肅公遺笏徵詩

君家故物河圖珍，三百餘年手澤新。豐城劍氣終歸寶，合浦珠光不染塵。公孫門閥仍華胄，家有賜書仗龍守。笏兮笏兮不可求，紅羊劫換空懷袖。圍鑪煮雪敞賓筵，擊筑歌風話耆舊。座中躍起李長源，不爲宰相歸田園。道是君家祖傳物，藏諸什襲騰朝暄。曲江風度持囊日，血蹟淋漓段秀實。猶是武宗全盛時，都堂屹立冠簪筆。給事彈章直有聲，內臺察吏嚴無匹。崔琳置笏紛盈牀，東林領袖文孫行。忠毅抗言尤矯矯，批鱗折檻摧權璫。鄒馮已罷文鄭黜，郎當鐵鎖名馨香。清門世澤羅羣雅，裙屐翩翩結詩社。秦碑沒字不堪搜，和璧連城更無價。入手光芒射斗高，書思對命晨臨朝。再拜稽首魯休命，世世子孫藏球刀。帝制既終大同始，羣雄虎踞烽煙起。君家此笏將奚爲，搏擊豪強倘賴此。

◎善子先生以哲嗣比德世兄所畫君子佳人圖屬題戲作數語以博一笑。

吾宗畫虎如畫龍，點睛飛去乘長風。君家虎兒不畫虎，清臚玉女篔簹中。世間色相原來空，美人猛虎將毋同，阿翁對此甘癡聾。

◎自杭州歸和康南海贈詩元韻寄同席諸君。

靈山思大會，還上葛仙亭。華髮皤然白，閒雲晚更青。談天究幽渺，說地駭真靈。自有長生術，相看夢眼醒。

◎和易實甫見贈原韻。

曾聞鬼笑與靈談，說士尤逾食肉甘。君是歲星輪轉七，我思香雪徑開三。海波飛濺軍聲北，（謂歐洲北海之戰）車軌交通地氣南。莫問人間何許事，萬梅花裏擁詩龕。

側席康駢恣劇談，被天強派未心甘。（用隨園詩意）詩篇跳出手叉八，世味深嘗肱折三。差喜人心知拱北，每參佛法作和南。鯫生本是煙波侶，相約湖山共一龕。

◎和實甫用樊山元韻元日書懷。

自分山林老務光，無端禁籞許回翔。曉風柳岸行如畫，春日椒盤祓不祥。鶴訝今年多大雪，龜言初筮履新霜。似聞否極將逢泰，閉戶濃熏卍字香。

和仲深見懷

不學雄飛願守雌，狂瀾激蕩鬢成絲。強為蒙叟逍遙樂，欲廣香山諷諭詩。寥落江湖無我相，輪囷肝膽信吾師。蓴鱸早辦歸田事，夢繞山塘短簿祠。

◎小游仙一首。

同詠霓裳十二年，麻姑彈指說桑田。長庚小謫寧非福，曼倩為郎不羨仙。雞犬聯翩昇福地。魚龍曼衍奏鈞天。投壺電笑從今始，霧鬢風鬟尚宛然。

◎侍母往游香山雙清別墅贈主人熊秉三。

壽母同年八十三，香山佳處供停驂。眼前兒輩皆蒼老，雨後山光作蔚藍。稚子癡情掬泉水，野人清福住茅庵。（謂英斂之）雞蟲擾擾何爲者，櫛栗芒鞋看翠嵐。

◎岳州說吳子玉將軍罷兵寫示軍幕同人。

將軍氣已吞雲夢，我輩還來作宋牼。無地可揮憂國淚，願天早息鬩牆兵。匡廬風雨新和會，戎馬關山古洞庭。如此江湖如此夕，諸君何以慰生靈。

◎江之島。

寓廬三日對愁霖，簷溜初停尚綠陰。喜到金龜樓上住，海濱終夜聽潮音。

◎箱根萬福樓。

清晨尚在江之島，晚聽箱根萬斛泉。樓下怒濤飛滾滾，樓中旅客各酣眠。

◎箱根玉瀧。

玉瀧噴雪流涎長，砅石濯足心脾涼。池中游魚尾方羊，吾知子樂觀濠梁。

中秋過大江在黃浦舟中作

大江東去吾西上，欲挽銀河洗甲兵。如此江山忍撞碎，中宵愁聽鼓鼙聲。

一樣中秋月色明，可憐月照武昌城。伊誰造箇中流筏，渡彼無辜至玉京。

慣向兵間作宋牼，武昌夏口動吟情。然萁煮豆終何益，舉目蒼生涕淚橫。

◎題易實甫詩稿。

不如意事常八九，大有心人無二三。好麗殷勤韓子語，許身稷契杜公談。

哭盦詩名滿天下，哭盦吏事無人知。懺盡東南金粉氣，益陽功業不爲奇。

八一三倭寇淞滬後雜詩錄四

昨夜風狂雨洗兵，天空軋軋有機聲。笑言爾輩無驚恐，老子軍如小范營。（范莊）

鄉賢小范本能軍，老子成羣創異聞。贏得元戎高論在，先驅何以謝諸君。（言委員長勸止老子軍事）。

殉國同心八百人，居然復活古張巡。重標漢幟歸吾土，喜極翻教涕滿巾。

蘆中窮士出昭關，喜見妻孥爲破顏。大廈偏容吾輩住，人生苦樂本循環。

此八一三後紀事詩後先師在渝出有專集，似尚不止集中之數，茲摘錄四首，以見一斑，先師雖不自以詩鳴，就詩格而論，仍是大家。比檢《心太平室集》，就詩集中摘錄若干首以爲世介，其中亦不少當時故實也。

許靜仁資政之雙谿詩

許靜仁丈世英為國大老，崇德豐功，儀型百世，除其政事卓卓，宜昭青史外。其書法及詩文，亦冠絕當代。余于民國二十九年始謁公于渝州之官邸，時余新據時事寫成長慶體鳳兮曲一篇，大致寫一開封歌女施鳳，藉歌唱殺敵報國其詩甚長且有序文，因友人蔡君之介，遂往請益，公謙謂不能作詩，然將余詩，自始至終，盡讀一遍，並略為指正數處，時余未及三十歲，公屢呼美才，美才，今將三十年矣。雖在港時，亦曾相晤，但未深談。來臺後居住較近，偶往問候，猶憶重慶時呈詩請益事，意極殷勤，老輩風範，真可佩也。以余與曹覺盦丈時常通問，曾託余轉致手寫雙谿詩存一册，同時亦以一册贈余，不久即告謝世，公詩不專一家，但工力深粹，用意敦厚，與張仲仁先師之作，頗有近似，惟仲師之作稍闊大，而公詩則較深秀耳，抗戰時適奉使日本，旋下旗歸國，曾有所作，真有憂而不傷之致，不可不介于世也，茲摘錄數篇于后。

巡視閩海登埕島

落日沈南鎮，孤雲擁北關。浙閩山不斷，江海水相環。故壘荒荒白，歸帆點點殷。漁人生計拙，忍對此貧鰥。

壽蠖公五十

杏花村裏雙蓬鬢，蓮石峰頭一草堂。常使山川供健養，不教軍國費平章。間關西望愁烽火，星極南明照大荒。讀易知非今未老，莫辭樽酒醉千觴。

戊午遊北戴河

昌黎之東榆關西，中有戴河南北谿。被枕聯峰襟渤海，天風緩緩日淒淒。時當炎夏來避暑，或為水舍或巖棲。明燈白沙相照耀，朱摟碧樹互離迷。涼颸初午新潮暖，紛紛游泳各扶攜。浪花翻逐攘皓腕，波光綺麗揚輕袿。蔚然山色餘暮靄，筍輿驢背共攀躋。上窮爛柯觀碁處，下尋蓮石芳芊蹊。左瞰長城若壁立，右瞻太行天雲齊。松濤習習衣裳冷，月影沈沈星斗低。卓哉蠖公異流俗，蠡天小築伺晨雞。芒鞋箬笠復短葛，探幽選勝費鉤稽。拓地種蔬學老圃，汲泉煮茗喚雛㜎。但覺夜闌聽玉笛，不聞江上動鼓鼙。

戊午游吉林

羣山黃葉水如油，絕似錢唐物候秋。匹馬銜風雙短劍，滄江泛月一扁舟。天邊寒雁龍沙集，海角長虹鴨綠浮。收拾壯懷同醉飲，白魚正美不須愁。

戊午由龍沙回籍省親

龍沙返轡三千里，秋浦辭家十八年。今日漸知垂老意，故鄉久負讀書緣。白雲天外雙蓬鬢，黃葉江南一釣船。此去欲謀歸隱計，臨歧不覺淚潸然。

植樹節舉行全皖運動會

鴨兒塘畔城西路，春水方生草正柔。恰是海棠好時節，便教桃李滿山陬。

郭莊夜雨

萬籟俱清寂，惟聞夜雨聲。蕭蕭鳴木葉，瑟瑟動江城。涼意牕前透，鄉心枕上生。

宵深猶未歇，曉起看湖平。

初登廬山

平生愛著游山屐，今到匡廬第一回。削壁插天星漢落，飛泉震壑石門開。村過五柳懷松菊，寺訪雙林憶草萊。此是人間清淨地，風高月冷絕塵埃。

月夜靜觀亭望石門澗瀑布

萬籟皆清寂，泠泠澗水聲。雲開雙闕迥，（後漢書廬山西南有雙闕壁立千仞，有瀑布即指石門澗而言。）風定九霄明。犖确森臺館，飛騰降玉瓊。鐵船峰上立，玄趣此亭生。

六十自書

二萬又零三百日，恍如醉裏夢中過。青燈寶匣真懷抱，白髮衡門強笑歌。溝壑幾人餘骨肉，閭閻到處有兵戈。西風漸緊催霜露，惆悵芳華涕淚多。

失錦州

白山黑水烽煙急，又説遼西失錦州。煮豆燃箕徒自伐，臥薪嘗膽竟無謀。北韓丘墓思箕子，東海風帆痛戚侯。豈止長城終不保，夷歌到處動邊愁。

春日江安舟中

山麓明如畫，江深淨不波。野畦新雨足，村舍夕陽多。翠柳喧禽鳥，紅桃豔綺羅。孤懷春意遠，獨酌醉顏酡。

癸酉九月掃葉樓登高曹纕蘅秘書代拈山字均

露重天高霜滿山，無邊秋色動江關。西風黃葉何人掃，插遍茱萸我未還。（是日余滯滬未至。）

與譚時欽廳長同望天都月

昨攜青海河聲至，今挾黃山黛色回。試望天都峰頂月，人間何處是蓬萊。

登文殊院

玉屏峰下文殊院，蓮蕊天都在眼前。已識靈臺通帝座，定知上界有神仙。岱宗太華初弦月，衡嶽匡廬幾點煙。石怪松奇雲海絕，人間何處得斯緣。

夜雨入黃山

風高雨急夜三更，再入黃山更有情。坦道不須勞簦屩，危崖今已闢荊榛。雞鳴黃月千家靜，猿嘯丹楓萬壑清。行盡容溪湯口路，天都蓮蕊笑相迎。

奉使日本呈遞國書

車騎迎龍節，旌旗出鳳池。猶聞唐代樂，遙想漢官儀。廣殿金樽暖，芳亭玉椀怡。同根雙護惜，煮豆莫燃萁。

使館中秋

萬里黃山憶舊游，況逢佳節是中秋。昨宵清夢隨明月，飛到天都最上頭。

回日使任舟過馬關

破浪乘風過馬關，春帆樓外夕陽殷。天南遺恨今猶在，河北征師不可班。獨使退秦紓鄭難，曹生衛魯卻齊患。蘆溝曉月終無恙，攬轡閒看海上山。

渝州雜句三首

李花一白滿山前，楊柳春風二月天。好景雖非香雪海，卻疑身在太湖邊。

來時暄暖去時涼，江上秋風木葉黃。但使辛勤能博濟，不妨晨夕為人忙。

幾樹梅花著意開，冰肌玉骨近階臺。春風桃李無芳豔，日日巡簷索笑來。

警報聲聲急

警報聲聲急，淒然驟不譁。遠聞高射直，近看俯衝斜。彈月如流火，燒夷若落霞。每喜有山皆是洞，無處可為家。拆巷傾江水，沿街餽餅茶。掘埋增慘痛，擔架動悲嗟。每喜交通復，還欣秩序嘉。須金賙眾士，散藥到羣丫。立視揮輕扇，周巡賴敞車。單球纔卸綠，三角又懸緺。陣陣迷雲影，轟轟掩月華。摩空摧敵翼，拂曉起征笳。鐵騎思飛將，霜戈鑄莫邪。天威期渡海，漢使待乘槎，控蜀形原勝，收京望不奢。獨憐妻病榻，十九未防遮。

壬午遊峨嵋

羣山羅列擁三峰，遙望峨嵋識秀容。天外崑崙青影落，雨中金頂白雲封。隋皇在昔稱名邑，黃帝猶留問道蹤。木屋秋風雙樹裏，朝朝蒼翠撲襟濃。

丙戌香江重九

寂寞重陽獨倚樓，蕭蕭風雨動邊愁。登臨卻減巴山興，祭掃空餘粵海秋。喜有黃花香滿室，惜無紫蟹醉盈甌。干戈遍野人憔悴，手把茱萸感悵惆。

癸巳新蘭亭修禊

盛會懷王謝，高風到海濱。秧田春水活，蘭室眾芳涼。觴詠情彌愜，陰晴氣亦均。園林散遊目，生趣四時新。

甲午追懷往事

掀然遼海起風波，廟議徬徨戰與和。相國聯戎非上策，司農輕敵亦偏頗。可憐旅順軍圍曲，正是宮闈宴喜歌。今日臺澎無恙在，神州待復舊山河。

公敭歷中外，歷數十年，平生作詩不多，茲篇所錄，殆雙谿詩之半數矣。公爲清光緒丁酉拔貢，同年甚多知名之士。在臺已故之張魯恂丈，即其一焉。魯丈序公詩，謂其遠紹元白，近規袁趙。抒情達恉，不以雕劌巧縟爲能，且氣體渾渾，從無噍殺之音，憤激之語。所謂志和音雅，徐以幾于詩之正則云云。而余則以爲公詩除以元白爲根柢外，其幽秀處則頗似許丁卯。豈其家風也耶。又詩中警報聲聲急一篇，爲公在渝任賑濟會委員長時所作，極狀當時被炸情況，特選於此，不獨取其詩之工也。公之逝也，余曾作輓聯哭之曰。

深巷記摳衣，每譽蜀中詩句好。
華堂甫獻斝，再求燈下笑言難。

汪袞父丈之思玄堂詩

光宣之際，吟詩之風，除散原海藏等從事宋詩外，尚有若干從溫李入手，並及西崑。吾虞徐兆瑋虹隱，張鴻隱南，先師楊圻雲史，孫雄師鄭，吳縣曹元忠君直，江陰何震彝鬯威，長沙章華曼仙等，皆一時之選。在舊都時，有西甎酬唱集之刻，汪丈亦與，皆所謂西崑體也。西崑體看似繁縟多文，不易窺見本意，所謂隱喻譎諫，意在此而言在彼者，此種工夫，自以李商隱爲最擅勝場，後世無出其右，直到晚清，西崑體詩始大振，因其纏綿宛轉，而遂啟宋詩爽利老辣之風，亦所謂奇正相生也。丈諱榮寶，吳縣人，光緒中與先師雲史先生同中北闈壬寅舉人，丈第一得解元，先師第二爲南元，爲一時佳話。丈學問淹博，通日、英、法文，歷持使節，畢生致力揚子法言，其於聲韻，尤足俯視海內。爲文上窺陸機，下亦比蹤容甫。餘杭章先生稱駢體文袞甫第一，其所著法言義疏，先後凡三易稿，折衷羣言，表彰微隱，詩宗玉谿，形神並肖，初不喜宋人，晚乃以荊公東坡爲不可及，所作亦轉趨平淡，其集義山句，亦並時第一，迄今尚無繼者，蓋非記誦純熟絕頂聰敏，不能致也。茲從思玄堂集中，選擇若干章，以爲世介，且錄其集義山者多首，俾觀其組織前人語，天衣無縫也。

有感 二首 錄一

甲帳金風動，昆池玉漏催。月移仙仗轉，雲擁御簾開。告密封章急，思愆制詔哀。漢槎求藥去，秦傳送醫來。赤鳳翻歌扇，金鸚獻壽杯。兩宮極慈孝，四海妄驚猜。北極終無改，南薰不可迴。平時前席地，寒雨落空槐。

重有感 十首 錄六

草堂萬木長風煙，高臥南溟幾歲年。劉向傳經無百兩，牟長著錄過三千。連雞戰國縱橫局，乘馬兵書甲乙篇。從此燕徐迂怪士，頗聞扼腕道神仙。

莽莽神州有夕陰，蕭蕭漆室自悲吟。竹林墜簡標師說，桑落淒辰得霸心。適野已知吾道絀，叩天不識帝閽深。當關莫恨妨清夢，風雨雞鳴識此音。

風送珂聲近玉除，日移花影上華裾。屢聞賈誼叨前席，更許劉安進外書。反袂傷麟良可已，持刀呪虎定何如。孤芳衹恐經秋歇，多種江籬與揭車。

天路新標進善旌，四星高傍帝車明，寶書重疊歸天祿，講幄深嚴闢邇英。象法喜瞻金布甲，龜符驚失大橫庚。漢朝自有家人語，安用春秋致太平。

舢棱回首日西曛，哀痛天書不忍聞。自是桐宮甘罪己，何曾丹穴苦熏君。銀瑺夜譏開東閣，鐵騎朝蒐集北軍。定策殊勳誰第一，青袍御史氣干雲。

柏臺秋氣夜凝霜，白首同歸事可傷。黃犬舊游迷上蔡，碧雞霸業黯陳倉。敢尋韓客論孤憤，私託湘纍續九章。青史他年有公論，詩成未許下雌黃。

此數詩記清戊戌政變事。首二首謂康梁，風送一首似咏譚嗣同，天路則四京卿，舢棱一首之青袍御史，則御史楊崇伊也。

秋　怨

玉樹曾看清露滋，丹梯無奈夕陽遲。萱肥未是忘憂草，柳弱難爲續命絲。滄海有鮫長遞淚，閶風無鶴與通辭。年年慣譜秋琹怨，又到螿啼雁唳時。

崇效寺

寒郊衰柳已如煙，來續雲堂半日緣。卷舌機鋒餘座上，冥濛濠濮在簾前。兔葵燕麥猶清絕，紅杏青松竟渺然。坐久不知鐘漏晚，起看城闕萬鴉邊。

無　題

小別巖扉玉露新，重來香徑紫苔勻。羽旗長帶巫峰雨，羅韈微凝洛浦塵。鑠骨玲瓏原是佛，冰肌綽約若爲神。春心不共寒灰盡，更造人天歷劫因。

液池和少逵

漸臺玉樹碧闌干，弱水無津欲渡難。落日觚棱金爵迴，秋風鱗甲石鯨寒。夢迴青瑣腸先斷，漏盡黃門淚未乾。蕭瑟池邊數行柳，更舒病葉繫驚瀾。

壬子元日

赤縣謳歌改，金源歷數移。霜稜消劍戟，虹氣動旌麾。世欲除秦法，人今識漢儀。乾坤日擾攘，收拾恐難爲。

清明三貝子花園讌集

春寒簾閣戀朝眠，強起愁人赴酒邊。曲水晴波忘話絮，上河芳草惜圖妍。負舟夜壑真何有，繫羽風苕亦自憐。且共花前一沈醉，卜居惟有此鄉便。

夕思

鴛瓦新停暮雨纖，樓寒強起捲珠簾。腰隨柳帶經秋減，愁似蘭薰向夕添。月迴懸蛛生暗牖，風微伏翼在虛檐。曲欄十二閒憑徧，不覺微吟昔昔鹽。

七夕效崑體

織室機絲向晚停，九天風露正清泠。已分半月從欹扇，更疊微雲與接軿。昨夜銀河勞悵望，他時滄海記曾經。遙津無數驚飛鵲，應識孤槎客夢醒。

威尼斯泛舟

軺車觸熱偶南游，與罷來尋水國秋。坐覺樓臺成一氣，便將書劍入扁舟。全家羅韈忘塵事，何處清歌動客愁。獨想孛羅行跡遠，儻餘逸記足搜求。

夏夜園中

暑雨澄夕氛，奔雲漏初月。微涼動簾幕，虛籟沈林樾。泠泠階泉響，爛爛園花發。稍聞鳴蟲起，坐看飛鳥沒。平生巖壑志，偶兹山水窟。多慚專對能，庶補誦詩闕。懷舊物屢遷，望遠情不竭。迴首滄波深，心憂芳草歇。道窮寧捨魯，身健猶吟越。徘徊漏始移，顥露沾人髮。

中央公園

故國餘喬木，春城又落花。傾都爭秉燭，過闕一停車。月榭迴波暖，雲壇逝景斜。此時正愁絕，粉堞有悲笳。

次韻太夷聞笳

遠聞哀咏抵悲笳，一夕羇人鬢有華。刻意爲歡終不似，如期得志恰無差。殘花不惜千迴舞，倦鳥仍愁一目加。清寂樓窗尚無寐，更堪風雨在天涯。

此詩和太夷，則略有宋人之意矣。

舊京閒居次韻彤士

橫海歸來賦小園，當年種竹漸侵垣。一庭秋菊自佳色，萬里滄波餘夢痕。花市偶過隆福寺，書攤愁問海王村。擕樽閒話同光事，一醉能令寒谷暄。

蟄園牡丹限江韻

洛園經歲鎖雕窗，難得歸人倒玉缸。壓徑濃姿先致蝶，倚欄倩影不驚尨。春心還與花爭發，國色能令酒自降。漫向天驕矜北勝，夕烽聞徧牡丹江。姚黃歐碧總無雙，點綴池臺小石淙。富貴幾家仍舊澤，清平何日更新腔。胭脂畫出羞凡筆，瓔珞裝成妙佛幢。欲爲朝雲寫花葉，自憐詩陋不成邦。

答雲史 五首錄二

不見楊雲史，於今三十年。白頭此相對，落日重淒然。城闕生春草，江湖莽夕煙。

坐談心自醉，安用酒如泉。

絕域思歸日，涼風欲動時。危言終盡驗，短馭復何之。滄海横流急，中原暮景遲。共君一沾灑，永矢歲寒期。

華清 詠戊戌至辛丑間事集義山（十八首錄六）

華清別館閉黃昏，爲拂蒼苔檢淚痕。梓澤東來七十里，鳳巢西隔九重門。時禽得伴戲新木，風柳誇腰住水村。今日致身歌舞地，他時須慮石能言。

玄武湖中玉漏催，瑤池阿母綺窗開。荔枝盧橘沾恩幸，玉液瓊蘇作壽杯。貝闕夜移鯨失色，星橋横過鵲飛迴。君王曉坐金鑾殿，哀痛天書近已裁。

世路干戈惜暫分，高樓風雨感斯文。仙舟尚惜乖雙美，清歡無因更一聞。醉起微陽若初曙，夢來何處更爲雲。舊山萬仞青雲外，徒望朝嵐與夕曛。

通靈夜醮達清晨，不問蒼生問鬼神。烏鵲失棲長不定，槖鞬無事但尋春，徒令上將揮神筆，幾處冤魂哭虜塵。敵國軍營漂木柹，二江風水接天津。

十二樓前再拜辭，回頭更望柳絲絲。陣圖東聚燕江石，幽象遙通晉水祠。吳岳曉光聯翠巘，蓬巒仙仗儼雲旗。可憐萬里堪乘興，君問歸期未有期。

九廟無塵八馬回，萬靈迴首賀軒臺。空糊赬壤真何益，欲構中天正急材。絳簡尚參黃紙案，玉樓長御白雲杯。不須看盡魚龍戲，便是胡僧話劫灰。

秋　興（集義山二十首錄四）

一歲林花即日休，涼風只在殿西頭。遙知小閣還斜照，只有空牀敵素秋。衣帶無情有寬窄，酒罏從古擅風流。嗟余久被臨卬渴，瘦盡瓊枝詠四愁。

臥枕芸香春夜闌，漫粧嬌樹水精盤。蜨銜花蕊蜂銜粉，犀辟塵埃玉辟寒。何處哀箏隨急管，豈知孤鳳憶離鸞。桐花萬里丹山路，青鳥殷勤爲探看。

白石巖扉碧蘚滋，十年長夢採華芝。玉璫緘札何由達，鐵網珊瑚未有枝。沛國東風吹大澤，巴山夜雨漲秋池。東西南北皆垂淚，卻羨楊朱泣路歧。

心有靈犀一點通，斷無消息石榴紅。賈生年少虛垂淚，趙后身輕欲倚風。翠袖自隨迴雪轉，華筵俄嘆逝波窮。豈知爲雨爲雲處，只有襄王憶夢中。

集句至難。第一要詩熟，第二要有技巧，先師雲史先生曾爲余言之，其法以單句分五七言依韻歸類，另上句仄韻者，亦歸一類，需集句時，取出檢閱，互相搭配，又句法組織不同者，亦爲歸類，如此嘗試，必可成功。又取前人成句湊合，主要在能把握神氣。義山詩深晦，固未可全懂其寓意何在，集句成詩，亦只求直覺上發現其爲何意而已。先師不擅集義山。但熟於易林，當年吳子玉將軍祝張雨亭將軍五十壽，一夕之間，集易林句成一壽文，以電報拍發，一時傳爲佳話，抗戰時在港亦曾集易林爲「攘夷頌」獻於今　總統蔣公，久失其稿，猷來臺後，覓之多年，始承邵鏡人教授。錄示此文，暇日將寫成手卷也，近張太翔先生集葉小鸞詩多首，亦見才調。

思玄堂詩凡一册，不分卷，哲嗣公紀星使在臺複印若干册，以資流傳，昔承見賜，猷當時曾賦四絕，茲併記之。

廿載關河轍跡陳，聯吟秋草墨痕新。若從詩譜論宗派，我是光宣後起人。

一卷西甎唱和詩，無題本事費猜疑。燕園座上談遺事，曾許重箋錦瑟辭。

盧後王前各擅長，鳳城年少姓名香。而今幾歷塵沙劫，重見球琳此吉光。

二仲江南渺信音，讓塘飢死夢難尋。傷心後輩都無幾，一展遺詩淚滿襟。

陳含光先生之含光詩

抗戰前余里居時，識湖南陳述猷委員，時由江蘇省政府派赴常熟催糧者也，其人頗風雅，且熱誠，與先父相熟，每數月必返省一行，又必渡江至揚州，與含老爲至好，曾爲我代求含老篆書小對，其時含老尚用原名（延韡）也，嗣金松岑先生在吳門創國學會，含老亦爲會員，時有作品，刊於該會之刊物，與興化李審言先生竝稱二傑，抗戰勝利，余北居，遂未通問，四十三年春，余來臺，謁張默君委員於考試院後之玉渫山房，默君先生告余曰，「大陸淪陷，文學之士，渡海者尠，今在臺者，僅含老暨于賈諸先生等，屈指不過十餘人而已。」言下甚爲惻然。然言詩文則首推含老，其崇敬可知也，又溥心畬先生於詩文，亦高視闊步，獨對含老，極致恭敬，時常彼此造談，含老爲心畬先生題件甚多，而心畬先生亦有相報，兩家遺集可按也。

先生名延韡字含光，抗日軍興，揚州陷後，改以字行，頃見吳北江選晚清四十家詩，則名「移孫」蓋先生最早之名也。

先生曾祖嘉澍，道光壬午傳臚，祖彝字六舟謚文恪，同治壬戌傳臚，揚州府學有「父子傳臚」匾額，亦當時科場佳話也。

文恪按察甘肅時，總督爲茶陵譚文勤公鍾麟，布政使爲瀏陽譚公繼恂，三家子弟時相往還，瀏陽子嗣同，茶陵子延闓，與先生年相若，志行相評，而先生尤長文學，父麗卿先生，名重慶，官觀察。

先生天資既高，用力又勤，少年於選學，堅樹基礎，中年博涉羣書，愈加淹貫，老年則內典哲學，旁通廣覽，而從心所欲，宜其爲一時祭酒也。

先生詩主重性情，然後以文采爲緣飾，不專主一家，而自成馨逸，集中七絕之風神倜儻，與七言古詩典重雅麗，無不精工，較之選一二佶屈之字，以爲生硬始是宋詩者，不可同日而語矣，秋夜坐雨，以兩夕竟讀先生全詩，覺其理致之細，與安排之妥，蓋天授非人力也。玆選介其詩若干章於後，俾共讀焉。

在都題賈劍青為余畫貫柳鱖

桃花滿江春鱖肥，橫鱗一躍飛千磯。嗟君胡乃不貌此，反寫周宣鼓中柳貫之。寄書魴鯉愼出入，侯鯖定貴安足希。日暮蛟龍窟穴改，滿眼江湖應可歸。

吉祥寺看牡丹花。高及屋，余八九歲時先祖中丞公在甘肅時，茶陵劉陽兩譚公為總督布政，布政署牡丹百本，花三丈餘，三家子弟遊戲花下，瀏陽子嗣同。長余殆十歲，茶陵子延闓年相若耳，今三十載，事變如煙，俯仰悲懷，成長歌四百二十字。

天將姚魏鍾京洛，只許揚州誇芍藥。總言兩美不容雙，誰信春風未寥落。小寺城西錦繡堆，一株深紫百紅衣。二百年前舊根在，昔時壓砌今緣扉。簾深幕掩圍霞氣，露葉吹香使人醉。玉女春粧欲罷時，星娥五色來分隊。絕艷方知欲畫難，香嚴全不畏人看。憶從何處看傾國，茗甌坐對心茫然。皋蘭山頭天積雪，四月無鶯喚春節。根從三危玉露寒，花開十丈冰天熱。布政園中花最繁，繞樓穿屋壓闌干。香中酒氣蒸成霧，枝上星光拂似丸。二譚岳牧聲名久，子弟三家呼小友。余幼孩孺二尺強，花間竹馬工騎走。闓也搖豪解綴文，阿同跳踉最殊羣。尊前蠟鳳成何事，物外聽鸝自有人。三十年來災互變，繁華過眼如流電。東市晁公泣智囊，湘西關羽愁酣戰。豈但窮邊鼓角悲，中原荊棘亂如絲。名家花葉隨薪賣，勝處樓臺有夢歸。余臥鄉園成瓠落，同仁闓貴空相索。卻憶金城醉舞時，茵飄溷墮終難覺。使犢由來解破車，貪狼近日更磨牙。不知富貴幾時極，爭使神州分似瓜。江北淮南此都會，翛然偶脫風塵外。游女仍歌玉樹春，商人當飾承平態。巢燕紛紛笑鼎魚，道人不復爲嗟吁。逢花且作千場醉，覆鹿真知一夢餘。白石巖扉藏聖女，夜闌索共朝雲語。預綴珠燈一萬枝，來朝未必無風雨。

中秋月食 二首

天上非無月，人間已有驚。風梧秋互語，星漢夜翻明。顧兔潛金影，蟹螟掩玉城。笙歌兼酒肉，歡滿亞夫營。

故沒青天影，知依白下門。若明新戰骨，應斷去鄉魂。烏鵲勞三匝，山河任一昏。陰晴天上事，愚賤敢深論。

懷陳述猷無錫

除夜兵相搏，圍城客不眠。昏燈喧野哭，戰鼓入新年。世亂輕羈旅，家貧仰俸錢。平生將門子，撫劍看烽煙。

蔡氏園中待梁公約不至

花徑留絃管，春衣拂薜蘿。捲簾新月近，窺戶暗香多。佇想停杯數，相期把臂歌。晨朝峭帆去，應惜夜如何。

答友人病中感

宇縣兵戈日，江城老病身。貧真吾輩事，臥度落花辰。慎莫吟天問，端宜養谷神。君看征戰地，橫草復何人。

哭梁公約 五首錄二

人論漢有道，風味魯諸生。微祿分田吏，高吟謝世榮。邱樊平日思，饘粥舉家清。最有方回句，流傳滿石城。

插羽來宣歙，傳烽急五湖。三軍俄左次，六代失名都。縱使無遺種，猶應貰老儒。九關橫虎豹，天醉肯容呼。

感金陵近事 五首錄二

兩月南畿亂未平，遺黎歌哭望神兵。山川戰久收精氣，草木風來挾死聲。豈謂鯨鯢逃巨網，翻勞麋鹿走空城。韋郎舊句人今憶，一片傷心畫不成。

繡閣雕甍豈舊椽，青蕪白骨只空廛。堂前燕入驚人換，斧底魚游有夢全。環佩琵琶何處月，圖書雞犬幾家船。蓬山宮闕何嘗遠，一出金陵便是仙。

哭劉申叔

蟠胸元自燭星辰，下筆猶應泣鬼神。一瞑幸酬盈篋謗，廿年空敝有涯身。青山未隱真無福，玉樹雖埋故絕塵。回首玄亭無哭處，寢門風義暗霑巾。

暑日園居言志溫李體

北陸延修晷，西城遲早涼。陸沉殊厭次，淹臥似清漳。畫扇招鸞女，爭柯夢蟻王。興來愚號谷，醉後海生桑。望益開羊徑，穿藜慰管床。種瓜期五色，藝木往千章。露夜紅蕖白，霞曛碧樹黃。劇棋消畏景，把鏡笑繁霜。范曄傳香法，虞悰與食方。肄書裙練黑，賞劍蒯緱長。臥久驊騮瘦，堂新燕雀忙。展圖窮七首，織錦費回腸。筵下氄毹鶴，籬邊躑躅羊。罶星愁急影，箏甲畏高倡。避世蘿編帶，消中柘笮漿。玉壺如可借，終得一身藏。

雪屋

雪屋明燈親繡佛，紅鑪竿火坐寒更。銅甌不解年來意，猶作雲帆破浪聲。

謝劉采臣送鱸魚

霜落江南水物繁，四腮風味最銷魂。憐君秀野橋邊住，日日鱸魚直到門。

自栖霞移紅躑躅一叢而歸

青山欲別思無涯，回首雲林徧是花。移得一窠紅躑躅，窗前几上見栖霞。

夜興

世緣薄似秋蟬翼，衰鬢疏如野鶴翎。猶有前生僧意味，地鑪松火照看經。

庚午冬月十三日赴人家詩會偶得二絕句，主人所居小樓荒樹韓往在京華日小醬坊胡同寓居極與相似

雲意空濛雪意長，城居難得近荒涼。無端觸起燕臺夢，疎樹紅樓小醬坊。
插戶朱旗亦可憐，問人或道是新年。詩翁歲月渾忘盡，默對寒松一懍然。

論詩絕句 二十首錄十

詩散千秋鬱未開，真源端不用疑猜。分明一片情田裏，發出宮商萬變來。
啼笑從來豈自由，能傳啼笑即千秋。若將意識生分別，定識渠儂不入流。
如醉如狂畫不成，詩人豈有理堪評。果從理窟求佳話，試聽慈親責子聲。
千里相思共明月，生爲久別沒無歸。千秋顏謝傳心法，除卻愚癡何所依。
萬變詩情太劇多，山之煙靄水之波。執將一相當全體，摸象盲人可奈何。
若説詩中要有人，飴山持論果無倫。詩家自有真情興，近理誰知更亂真。
待向宗門細細探，七情顛倒若沉酣。詩家自是魔非佛，一語爲君來發凡。
詩人原自擅天葩，要待前人啟沃加。比似風雲感龍虎，也如灌溉發萌芽。
百城發卷作油膏，沉浸涵濡足自豪。不是詩心天賦予，書廚四腳亦無聊。
祖宋尊唐鬧不禁，好詩原只是情深。老夫聽盡人天籟，一片鈞韶無古今。

右錄先生詩二十九首，不及集之什一焉，顧此則各體俱備矣。先生論詩絕句二十首，尚有註釋。限於篇幅，未能悉錄爲悵。其中於詩之源流宗派，體製方法，羅列靡遺，他日當迻錄全文，以爲研詩之助。今所錄各詩中之七言古詩及五言排律，尤見功力。非積學與大慧兩者皆具，方能得之，其餘五律之蒼老，七律之縝密，七絕之風致，皆非輕易所可學到。真詩之正格也。正中書局所印先生手寫本兩册，多係來臺前所作。至來臺後，據記憶所及，亦復不少，且必有更佳者，先生高第弟子張百成兄，必能蒐集而補刊之也。

胡展堂先生之不匱室詩

展堂先生爲黨國元勛，政事之外，所爲詩清剛磊落，迥出塵表。抗戰前予藏有《不匱詩》一册，時諷詠之。近寫雜識，頗留意蒐詩，求《不匱室集》，蓋亦久矣，頃從史館假得《革命先烈先進詩文選集》，《不匱室集》整個編入第三册中，因得重讀，歡喜無量。

先生之詩，石遺老人謂其初喜蘇陸，近則沉酣于昌黎荊公冒鶴老謂其病中讀昌黎讀臨川諸絕句，及和昌黎臨川廣陵諸五、七言古，致使海内作者斂手咋舌，不必藉其平日之事功以傳，且即有旋乾轉坤之事功，而不能掩其詩之光芒於萬一，假令昌黎臨川廣陵復起，吾知其必引爲畏友無疑也。可謂推崇備至。

作宋詩，不難學作山谷宛陵，而難於學作荊公，蓋山谷宛陵，面貌顯著，而荊公深沉細密，不易攫其神采，故散原老人稱展堂先生詩五、七古皆近退之，七言絕皆肖介甫，可謂佼佼拔流俗者矣云，是則先生之於斯二家，可謂登堂入室矣。

余頗欲論介散原海藏之詩，以求其兩家不同之處，及兩家精湛之處，亦欲詮繹散原作詩之法，與海藏作詩之法，以介當世，惜簿書忙迫，無暇細思，玆錄展堂先生詩，特其一端耳，玆錄先生詩若干首於後。

遊明陵

高王三尺定中原，燕子飛來啄漢孫。白帽奉王先有意，玉魚埋地更何言。東陵已竊前朝樹，（聞清東陵多移去昭陵樹）月夜誰招帝子魂。怪是臥龍呼不起，（陵前老柏臥地有臥龍之封）萬山如睡又黃昏。

哭執信

豈徒風誼兼師友，屢共艱危識性情。關塞歸魂秋黯淡，河梁攜手語分明。盜猶憎主誰之過，人盡思君死太輕。哀語追摹終不是，鑄金寧得似平生。

過羚羊峽

童時到端州，解愛江上宅。最憶此峽過，水深不可測。舟人無老少，相戒若變色。不知兩崖高，但覺天宇窄。狂湍東之行，赤目斂其赫。藤篠老可風，石樹怪莫識。上如有玄猿，伸臂欲取客。畫然具形勢，漭漾成澤國。勇夫非重閉，要津孰與梔。卅年再三游，風景異曩昔。忠信狎波濤，淡蕩忘險阨。爲我謝來船，風利不得泊。

嶺外

嶺外惟看水北流，客程迢遞到汀州。山如有意遮前路，靈本無心入早秋。肯向天涯怨行役，且將風景忘離愁。故人千里音塵隔，鼓櫂滄江可自由。

題梁節庵詩集

似擬平生杜牧之，衆流混混最矜持。落花飛燕尋詩處，高竹寒林對客時。少學義山於律細，久依嚴武復官遲，明珠寥寂今同感，亦許掄才降格宜。

題樊樊山詩集

一生低首事南皮，蛺蝶驚才語未奇。頗有時名因斷獄，自誇餘事始爲詩。蘇門鬥韻誰偏好，竹垞貪多本不辭。老去風懷漸衰歇，猶聞都下唱靈芝。

和協之

閉門無已定安之，歲暮天寒好自持。如此江山問何世，有人風露立多時。魚於濕沫吹還急，木以文章病亦遲。不獨長安能似奕，相看惟覺爛柯宜。

遊焦山

卅載知幽勝，躋攀此日緣。問奇周鼎重，招隱漢人先。山靜僧無語，江清客未眠。鐘聲似相近，歸櫂意悠然。

讀文道希遺詩有感

棣華堂上足芳菲，代有傳人本不奇。玉佩瓊琚神俊異。鳳樓龍堞夢參差，最憐憂世陳同甫，誰惜傷春杜牧之。繫頸單于心願負，可應詩裏更論詩。

名山萬態意如何，似此才華豈患多。自擬靈均懷楚澤，時非元祐誤東坡。嶺南槃塹今猶在，江右文章故不磨。我與阿咸同問字，前塵剛已卅年過。

答楚傖

玉梧繁露萬流師，有癖無過酒與詩。熱不因人情自狷，死當埋我語仍癡。幾多文字收功處，半是瘡痍滿目時。南社風流應未歇，中興我為使君期。

平淮節鉞已班師，別集應刪變雅詩。共許希文憂樂慣，定當王楷弟兄癡。欣欣嘉木多文理，磊磊貞松閱歲時。寄語嶺南未歸客，春明早與會牙期。

讀后山詩

蘇黃已據眾流師，拔幟江西尚有詩。閉戶苦吟惟爾獨，平生佳句使人癡。陰何可到猶平處，陶謝終憐不並時。眼裏輪囷真自賞。寄言來者勿輕期。

一瓣香惟子固師，卻將精力盡於詩。空生易瘦寧投暗，人事難羣且避癡。特起林巒無污處，淵回江漢更妍時。極知苦不緣愁得，拄腹三千或可期。

翼如夫婦歸自焦山以待月得雨新作見示走筆戲答

二光隱處招梁孟，遲我同游悵未行。再宿松寥宜舊識，一拈梅萼有新聲。江山自好爲君助，風雨何曾敗月明。訪戴山陰如此趣，故留佳話傲雙清。

鶴亭招遊焦山看月當頭，余未果行而翼如黙君實往歸皆有詩賦此為和

一生當箸幾兩屐，一生幾見當頭月。同是達觀善語言，前者見稱後者絀。當年渡江化爲龍，晉宋之後王江東。不見鴉兒鐵騎黑，但聞燕子春燈紅。引桮在手事已足，攬鏡照影人圖儂。漢家三百業中斬，遂令坐罪庸主庸。冒生我友意不然，謂此判案殊未公。天子風流亦何過，無臣先泣明思宗。馬阮老姦實誤國，何況胡運非人功。君不見銅臺未分妓香薄，柏梁爭嚙妃唇穠。熟知沉飲非荒宴，往往不住咸陽宮。又不見六朝帝子生可憐。五代無賴皆英雄，持彼黜此泥成敗。臧穀之辯如莊蒙，與子試問頭上月。敝屣萬有誰能從，爲此招邀金焦峰。佳節亦有良儔逢，邵家夫婦光與鴻。不知許事追攀窮，待同月雨將毋同。歸來一一歌長風，有屐不蠟吾其慵。

集曹全碑字贈鶴亭大厂

三十年間離合事，異鄉仍是故鄉心。近憂柱下無良史，遠效秦先有吉金。直以文章徵出處，奚曾風月負登臨。相從舊學商量好，望報清光定不禁。

讀韓二十首 錄十

榮華天秀骨珊珊，硬語盤空眾所難。但見乘酣逞雄怪，誰知屈曲在人間。

漢賦原從雅頌來，少陵猶是變風裁。偶然寫作南山詠，點竄鄉雲一例開。

巨刃磨天境界殊，有時遣興亦紆徐。秋懷句已凌陶謝，未必風詩集裏無。

自悔詞誇舌莫捫，菑畬六籍植深根。巍巍禹跡巴東峽，不信徒觀斧鑿痕。

鼎湖龍去字書存，小學應同選學尊。不使蛟螭雜螻蚓，生新難與俗工論。

偶攜詩侶玉皇家，縞練明妝靜不譁。誰復對花能辦此，一生思慮總無邪。

韓碑贊歎體相似，會合聯吟句並華。若論才人受衣被，玉川長吉亦通家。

學韓須學韓所學，歐九文章似得之。我意尚差雄直氣，一吟三歎至工時。

銀燭金釵夜未央，情桃風柳費平章。曲江邂逅花千樹，卻問香山有底忙。

詩到蘇黃詑已窮，誰懸一脈紹韓雄。荊文相業何曾誤，祇誤詩家月旦公。

次和大厂游雨花臺用王廣陵春游韻靜

靜夜呼明月，一尺已到戶。月豈爲我來，愛此中庭樹。恍如隴首行，嶷嶷春光遇。

桃李開盛顏，百草得芳覆。追懷平生歡。出門及劍屨。桂巖東西游。梅嶺南北度。哲人好山水。從者感霜露。鍾阜與石城，在宥況所寓。辰駕傾五州，衿衛雄四顧。未久神宅居，忽易當塗趣。文囿罷經營，蘭甸雜沽屠。不知寶璐在。昏欲黃金注。紅紫遂低昂。荃茅孰好惡。春臺無與登。徒有猗蘭賦。萬彙知終昭，百年失已遽。出入我悠悠，喧咽茲屢屢。升高爲遠望，攬轡去仍駐。遐躅不可繼，猶冀導先路。

右錄先生詩二十五首，聊見先生詩境之一勺。先生才力過人，所爲師期韻詩及集曹全碑字詩累數百章，而純任自然，不似湊泊。其智慧之高，難以比擬，雖老輩詩人，亦爲卻步，真詩界中天縱之材也。集中尚有讀韓詩甚多，又讀王廣陵詩絕句多首，皆兀傲不羣，語必驚人，而見地之高，悟解之徹，尤非並時詩家可能及，若令先生克登大耋，其詩境必將再變，更爲光輝充實矣。

賈煜如丈之韜園詩集

余在渝州時，即識煜如丈。來臺後，因錢新之丈重印蒼雪大師南來堂詩集命代訪煜丈。求寫書簽，其時丈已逾古稀，精神健旺。與余暢談晚清詩家，並自謙從政時多，未能全力從事詩歌。且出其《韜園詩集》四册見贈。書係民國三十年在上海所印，故版式等均極講究。其實來臺後所作，亦復不少。聞丈逝後，由其公子藏弃，尚未刊行。此間與煜丈有舊者，尚不乏人，宜從事校刊，庶廣流傳也。

丈爲前清進士，入民國後，在舊京任部曹，後返山西，服務桑梓。抗戰時入川，勝利回南京，來臺以考試院長退爲資政。與三原于先生，領袖文壇，提挈後進。使臺省詩文風氣轉移，二公之力焉。惜丈以心疾一夕而逝，斗山遽隕，惜哉。

丈詩風華骨格，兩俱上乘。尤其七言律詩，自然綿密。無他，讀書多而性情佳也。其詩溫厚和平，絕無噍殺之音，故能享大壽也。前就韜園集中，各個時期之詩，分介若干首于後，以與世人共讀焉。

晚學老人新葺止園落成以箋索詩並招游讌賦呈（十六首錄六首）

曲折城西路。驅車問止園。沿隄環植柳，背水別開門。考室詩盈帙。呼朋酒滿樽。
平生遊覽興，不惜數臨存。

繞屋蟠高樹，當門疊小山。林深人隱約，石滑路灣環。花輾迎風笑，苔封著雨斑。
年年塵網苦，到此一開顏。

嶽嶽朱門戶，三朝鎮壯王。當年休沐地，今日樂全堂。大廈階雕礝，華榱碧飾璫。
興亡何足問，隔夕是重陽。

後海朝煙起，西山暮雨來。避囂南郭遠，攬勝北窗開。萬柳橫屏幛，千花落鏡臺。
此鄉風月好，彝鼎任安排。

乘障膺邊帥。浮家歎寓公。林園今道北，桑野記徂東。細柏寒疏翠，山梨賸晚紅。
坐觀魚鳥樂，蘋末起微風。

樓角餘殘照，庭除又曦冥。華燈明電火，涼月淡天星。賭韻忘昏曉，攄懷託酒醽。
是誰修淨業，來此問居停。

三月廿七日同郭允叔文露仙游晉祠 四首

金碧樓臺半際山，叔虞祠外費躋攀。廿年遊屐成孤負，一霎飆輪自往還。林木蔽天曦景少，莓苔著地客衣斑。唐槐周柏摩挲遍，不及清溪水一灣。

十道清泉似沸湯，柳陰深處架飛梁。雙流自昔來懸甕，三版曾經灌晉陽。故壘魚沉懷麥麴，清時龍起數周唐。絕憐五代興亡地，一角山河幾帝皇。

難老泉西古佛堂，鄂公不作武臣裝。年深寺廢無常住，水繞山圍又夕陽。銀杏受風雙樹矗。金藤得雨遍山長。臨流攲側三重屋，薪火人爭說二王。

漠漠平疇水護田，繞祠雲樹碧於煙。窮搜斷碣題黃絹，有約前村就白蓮。淺草雜花三月暮，古槐疏柳百年前。石翁新築山房好，而我猶虛買宅錢。

追紀安肅道上憶亡友董韻笙

京洛修途掣電行，幾回灑淚北新城。誓攜涓滴南州酒，來酹蒼涼上堵塋。聞說充閭曾入嗣，不瞻宿草總非情。路旁見殺悲君馬，孰令微官喜近名。

園居即事

種荷鑿新池，池水清見底。小渚無矩規，碎石護根柢。僮僕閱市還，買魚得魴鯉。畜池意洋洋，那計佐酒醴。夜聞潑剌聲，明星燿亢氐。瓦盆蒔羣芳，叢綠上階陛。園草不肯芟，可愛在青薺。偶然微雨過，垂葉露泥泥。人生貴適志，虛榮世所詆。開軒面涼風，煩襟賴滌洗。

登太原城樓

中原鎖鑰并州治，南控平陽北雁門。天設河山仍表裡，星羅帳幕認營屯。爾朱紫氣誰曾見，拓跋雄風早不存。尚有汾流過大夏，可堪墊溺使民昏。

太原車站送亮兒遊學美國 二首

泥淖重闉地，迢迢送汝行。廿年依肘腋，萬里首途程。踔奮風雲氣，生離骨肉情。千金軀善保，爾母淚縱橫。

汝車去蜒蜿，汝首出車窗。佇立望車去，不聞人語嚨。山頭雲黯黯，天際燕雙雙。

來日南征路，踰淮更涉江。

秋林即事二十首 錄三首

烽火彌中夏，馳驅賦北征。偷安難避地，借箸復籌兵。小范聞名久，南塘紀效精。
救時須刱造，應不重書生。

亂山環合處，一水曲當門。紅杏花前路，黃楊厄後村。禮堂森束筍，陶穴遍新痕。
漸見居成市，雄兵細討論。

游擊開新戰，心傳執厥中。八千來子弟，一月坐春風。入彀英雄盡，爲爐造化同。
循循無倦意，陶冶仗元戎。

稍喜輕塵浥，翻嫌宿雨微。紅搓桃靨艷，綠潤麥苗肥。雲氣前山出，鄉關昨夜歸。
夢魂飛越地，城郭未全非。

宵來庭院靜，起作繞溪行。枕上河聲近，山中夜氣清。水從西澗落，月逐亂流明。
如此風光好，何妨睡不成。

小寺頻來往，真成地不偏。門迎前度客，茶汲半山泉。簷近能敲鐸，碑殘莫問年。
平生康濟老，到此欲安禪。

秋感二十首（錄八首）

落葉西風滿石頭，江潭悽愴冶城秋。壽陽白馬來何速，韋粲青塘咽不流。座上吹脣亡建業，殿前和淚按涼州。背城借一雌雄決，孤負鍾山迓蔣侯。

虎帳牙旗出繫舟，橫磨十萬發能收。飛狐上黨仍天險，飲馬長城感舊游。碧玉尚流懸甕水，白雲已失晉陽秋。將軍新拜多游擊，誰識兵前十二樓。

臺莊狂虜一朝殘，西進當陽漫擊關。芒碭更無天子氣，彭城那復繡衣還。赴軍慷慨千夫長，破陣縱橫九里山。淝水不流淮泗急，又驚風鶴楚吳間。

千條柳拂永豐坊，汴水東流向大梁。堠火早時傳鄭洛，異人何日出光黃。誰言列陣迷魚腹，已見乘風破馬當。失卻廬山真面目，荻花楓葉泣潯陽。

碧雞金馬走滇池，樓櫓戈船憶昔時。石破天驚千劫恨。土崩魚爛百城移。五溪東阻曾何用，六詔南瞻屬百思。莫向龍標山下去，秋風搖落雨如絲。

忍痛倉皇別廟陵，敢言麥飯哭冬青。金凫不落溫韜手，玉匣誰諳郭璞經。豈有沙場趨石馬，坐看腐草亂秋螢。白門一決真無奈，悵望新亭涕淚零。

且把渝州作上京，不堪回首秣陵城。中原地盡三千里，江介鋒爭百萬兵。客淚猿聲巫峽路，鳥啼花落蜀山行。安危憑仗思嚴武，諸葛當年有大名。
灞陵原上草萋萋，太白山頭日又西。入鼻早傷三斗醋，當關誰塞一丸泥。雲開華岳千峰出，天限黃河萬馬嘶。東去伯勞飛不得，江南夢遠夜烏啼。

入蜀雜詩三十七首 錄十首

千里金牛道，飛行快若仙。平臨太白雪，下視武功天。失足身成粉，如聾耳塞棉。微軀寧有我。欲爲晉民捐。

一線流江漢，崇朝遍蜀秦。山巔明積水，蟻陣見行人。霽色終南雪，繁花益部春。芒芒覘禹跡，瞬息幾由旬。

廟貌崇先主，祠堂號武侯。宗臣遺像在，諸葛大名留。魚水思當日，龍雲會此州。閟宮同肹蠁。生死總依劉。

獻賦思工部，尋詩問草堂。百花潭水上，萬里石橋旁。比稷身何用，憂時意不忘。平生王佐志，端合老斯鄉。

濯錦江頭水，松花小樣箋。名仍薛濤舊，人在浣溪邊。詩酒樽前女，梧桐井上篇。西川十一鎮，誰並校書傳。

灌口瞻祠廟，巍峨祀二郎。是誰徵故實，豈盡屬荒唐。禹緒如能纘，民心自不忘。

遙遙兩千載，俎豆永馨香。

莽莽渝州地，依山舊築城。樓臺千態出，燈火萬家明。水有雙江合，天無十日晴。

瀰漫煙霧裡。惆悵若爲情。

天險留巴蜀，人歌道路難。國讐寧共戴，王業不偏安。軍令新明罰，兵威舊築壇。

桓桓諸將帥。誰與斬樓蘭。

關踞浮屠險，春回李氏園。迎人花輾笑，夾道石無言。林茂宜消暑，池深不問源。

流傳香宋句，高揭在風軒。

臣朔飢將死，長安不易居。豈因官似鯽，未必米如珠。平準原非計，操奇亦可誅。

裹糧求宿飽。千里事征輸。

右錄詩若干首，以五、七律爲多，丈才高學博，落筆自然，其託胎則溫李，氣度則少陵也，晚年之詩，散見《臺灣詩壇》、《中華詩苑》等各詩刊，似已捐盡風華，更見老鍊矣，然吾人正應讀丈之中年以後諸詩，此編約略選錄，未能盡焉。

作詩雖不能超越古人藩籬，而於古人藩籬中，仍能別立境界，自成面目，已屬上選。若欲盡別前賢，自創天地，自非另覓途徑不可，此石遺老人昔年語猷曰「切勿於詩中求詩」若能拳拳服膺此語，其庶幾乎。

章太炎先生詩

予獲謁太炎先生于松岑先生座上，述天放樓詩時已略言之。先生爲國學大師，無所不通，於經史尤深邃、古文淵奧，初讀時頗感詰屈。然用字鍊句，無一近代語，爲可貴也，先生詩古厚蒼勁，典重過於文采，若與明清時人相較，當近似亭林，蓋有此學問，有此氣致，自然合度也，猶憶初謁之日，松岑丈約請晚餐，久候先生不至，遂派人往迓，其家人云，先生從後門出行，遂迷途，爲迓者遇于塗，遂侍之來，三四小時間，香煙盡一罐，凡三五十枝，蓋未嘗間斷也，有河南大學碩士毛君，請教關于新元史之人名事，以彼遍查不得解決之問題，而太炎先生即時歷舉，如道家常，闔座爲之驚詫，又席間有人詢清代說部如年羹堯之家屬等，先生又引舉甚詳，余以新作邯古鉥釋字呈教，先生頷謂甚好，嗣先生自設章氏國學會，予卻未往就學，如今思之，大好良機，真錯過矣。

先生之詩，已略如前述，玆就集中可特別介紹者，錄後：

黑龍潭

昔踐松花岸，今臨黑水祠。窮荒行欲匝，垂老策無奇。載重看黃馬，（雲南皆以馬任重）供廚致白羆。五華山下宿，扶杖轉支離。

自畢節赴巴留別唐元帥

曠代論滇士，吾思楊一清。中垣消薄蝕，東勝託干城。形勢稍殊昔，安危亦異情。兵氣連吳會，偏安問漢圖。江源初發迹，夏渚昔論都。直北餘逋寇，當關豈一夫。願君恢霸略，不必諱縱橫。許將籌箸事，還報赤松無。

辰州

天道有夷險，神仙非久長。秦皇與避世，陵谷兩茫茫。重穴兵符峻，探凡盜迹狂。中流值漁父，相對涕沾裳。

桃源歎

五谿天下險，叢桃何便娟。欣然裹糧至，所求喬與佺。涉水患湍磧，登陸迷畦阡。役夫殊健飯，三升猶枵然。解縢到吏舍，諸倫方闐闐。長官日卷臥，黃金勒膺前。昨者起軍府，罷癃不盈千。清浪虜已迫，山寇復揉挻。流黃一煎餌，沆瀣沖黃天。羣仙獲兵解，蟬蛻隨飛煙。桃根斫斧盡，桃葉從風遷。已矣下瀨去，清沅莽無邊。

食瓜

膏火長爲患，呼僮且買瓜。不辭停蜀酒，正爾醉流霞。卻熱頻添凌，承塵爲籠紗。青門戰方劇，莫問故侯家。

老欲灌園去，於陵已陸沈。海隅沙正白，塞上氣猶陰。大實能寒膽，明燈不繫心，休將天子樹，還以換兼金。

九日

國亂竟無象，天高空自知。出門時傍菊，中酒復盈卮。談笑隨年劣，清狂入道遲。

危枝亦垂輿，恨乏九能辭。

防疫

高柳日光赤，飛塵亂度牆。濟生無橘井，隱背尚藜牀。竈上若新菜，階前抒酢漿。何當赴龍窟，一寫百金方。

少壯日已去，員輿存舊人，暴書常苦熱，裹藥暫宜春。湯煖浮筒桂，盆堅擣細辛。頹齡如可度，焉用坐庚申。

得友人所贈三體石經

正始傳金石，人間久不窺。洛符無故發，孔筆到今垂。八體追秦刻，千金睨華碑。中原文武盡，麟出竟何爲。

聞旭初監屠宰稅

爾昔作郎吏，清譽頗絕俗。失意黃綬中，監門毋乃皾。侍史列卿相，高材滯輿僕。不見里社下，陳平美冠玉。

晉

當塗既訖籙，要裊騰在天。威德震殊俗，武座藏戈鋋。野無犬吠驚，穀升直三錢。如何夕陽亭，荀賈來相煎。今年降歸命，去年任劉淵。此坐足可惜，寧知天道然。

長沙謁賈太傅祠

高鳳縹縹遰清影，公去何之石牀冷。未央宣室長寂寥，千家尚飲先生井。

觀鄭覲文作樂

鄭生儒者能清謳，樂綜古今姚且幽。曾奏滿城風雨曲，（鄭自製）擔夫在道皆回頭。金陵莫府素好事，招我觀樂升南樓。鈞天閉門雜眾技，編簫長笛和箜篌。鳴禽窈窕駐鸞鶴，引竿駸駸開華騮。清醺瓷斗人酢齒。錦瑟倍弦魚出湫。鼙鼓間作亦赴節，好奇不同銅丸投。忽度清高翻楚調，潛氣內轉殊凡喉。飄然便起凌雲思，大人輕舉風前猴。曲終吹律中夷則，惜哉鼓簧如對牛。風生黃葛退舉酒，滿堂神動驚清秋。顧視壁間陷神識，東吳靈氣今存否。鄭生鄭生歌且休，銅馬徧地爭王侯。九韶如可化蠻越，羅闉何事陳戈矛。

避地

聞道王江涇，晨朝已度兵。天黃傳語怒，赤伏見旗明。肉食嗟乖計，春農待輟耕。生涯吾自拙，恐未飽羣生。

宴坐起

八月樓居者，金風不感涼。黃連時作飲，朱印並晞陽。簡出衣常故，安禪酒漸忘。晚來新雨足，丘蚓欲窺堂。

得友人贈船山遺書二通

天開衡嶽竦南條，旁挺船山尚建標。鳳隱豈須依竹實，麏游長自伴松寮。孫兒有劍言何反，王者遺香老未燒。一卷黃書如禹鼎，論功真過霍嫖姚。

寄亦韓仲蓀

蹈海千行旅，磨堅一禿翁。蒹葭隨露白，鴻雁入雲空。地坼成初郡，民勞不素風。試吟紫芝曲，應與夏黃同。（按此詩，太炎先生為人作書時錄之，諒其得意之作也。）

季剛旭初行攝山得大小徐題名以墨本見示

五姓蕩無紀，鬱然生二徐。非徒博墳籍，抗志明六書。頡誦雖懸邈，豪端見皇初。自從唐社遷，遺文鮮殘餘。繹山數傳刻，熒魂亦已枯。莽蒼大麓閒，灌木成儲胥。豈無攀蘿客，蒿目徒睢盱。神物信有合，道通無方隅。律律四秦篆，千載起廢墟。菱杍雖微渺，筆迹猶盤紆。偉哉名教力，因子爲玄符。寶之篋衍中，奚翅隨侯珠。

長夏紀事

我本山谷士，失路趨堂廉。伐華既十稔，重茲風日炎。荃葛甫在御，短製無垂襜。粥定正代茹，齏美如遺鹽。啖此勝百牢，披襟步長檐。藹藹出牆樹，淙淙筒中瀸。市閭或問字，百名方一縑。漱筆藉顛棘，溉盡穎自銛。抏玉得越巾，破觚逾蒼礛。故書適一啟，蠹食殊無綅。呼童下香藥，胼汗動自拈。平生遠膏沐，兩鬢常鬑鬑。朋來跣不襪，夷惠宜可兼。時復效禽戲，而不求青黏。但爲滌塵慮，焉識速與淹。大化苟我遒，老洫終如緘。

題瞿太保及孫簡討像

我志在春秋，推鋒屬建州。春陵終紹漢，宣榭是新周。故國山重秀，先賢事再搜。東皋遺像在，長恨未回舟。
身共皇明盡，須眉尚凜存。乘城雙擁騎，踰嶺此招魂。葛靚難回面，陶潛自閉門。清芬遺罟里，樓閣至今尊。

賓川百歲泉

君問神仙術，賓川有一泉。近村多百歲，當暑似秋天。丹穴赫相望，赤符書正妍。待逢重九日，更訪傅延年。

人　日

塞上風雲草又新，天開胡騎蹴輕塵。南朝煙柳干何事，萬里車書付故人。

川南領事 移任昆明詩以送之

海客今何往，西方有化人。寧爲桂家役，不作建夷民。柳暗蒼山霧，花明簾水春。金沙天險在，釣者莫垂綸。

右先生詩二十六章，佔全集約三之一矣。先生國故深邃，古文簡妙，詩句落筆便合于古，長夏紀事一首，自謂「此詩略脫向日窠臼，雖然不追步陶謝，恐與蘇黃作後塵矣。」蓋意則未追步陶謝，而自然近乎陶謝也，觀鄭觀文作樂一首，則長吉義山兼而有之，可知能者無所不能，蓋讀書多，記憶好，運思巧，偶然拈來，皆成絕妙，所謂方圓規矩運用自如也。五律隨口吟出，而句奇語重，近似亭林，遠儕工部，現時作家，僅姚味辛丈得其神髓，此類詩句，非精熟經史，尤其兩漢，不易爲功，無怪黃季剛汪旭初諸先生等皆師事之也，近今詩壇，盛行散原一派，對先生此種體裁，似未發揚。故爲撮錄。俾學人之詩，亦廣於流傳也。

王陸一先生之長毋相忘室詩詞集

余前錄三原于先生詩，得讀王陸一先生之註，因諗陸一先生之博學，而於于先生靖國軍文獻，尤保存不少也，陸一先生亦三原人，爲于先生之姪倩，陸一先生舊交之在臺者如江絜生、劉象山及已故之狄君武先生諸先生等，于民國四十八年重印此書時，于先生曾爲撰序，並稱「民前余辦民立報時，遇一徐血兒，後爲報界特出之人才，靖國軍戎馬倉皇之際，得一王陸一，等於在胡景翼張義安董振五戰將之外，又得一戰將，世人傳爲美談」其輓陸一先生聯曰「心肝已碎難爲補，文字無靈且自寬」亦可見知己之深矣。

陸一先生之詩詞，氣魄、光彩、顏色、典雅、廣闊、幾無一不備，洵乎詩界傑出之材也，必有以議之，則稍欠含蓄，如駿馬走平原，急湍下深谷，有一往而不可復之致，然其七絕尤蘊藉有致。仍未能概論也。

嘗聞　總理奉安時，徵哀詞，應者數百人，而先生膺選，抗戰軍興，熱情奔注，所寫亂離戰歌，感激精微，識者尤爲稱尚，茲就集中選錄其詩若干首，以與愛好者共讀之。

經敵陣至武功行營

垂危拋病母，伏他一長號。此淚終天別，橫心百楚遭。倉皇從間道，險阻望金弢。問訊軍中使，陰雲入陣高。

教稼台安在，周原久輟耕。壺漿隨一旅，煙火牓孤城。幸續遺民命，還依上將營。弓衣潛出涕，月色轉危旌。

陝西靖國軍諸將持義不卒勢將瓦解書憤二首

帳望軍門日已昏，天心人事轉難論。羊頭有地容新貴，馬鬣何年弔故魂。秋草夕陽明劫火，平沙軹道送啼痕。早知秦士終迷惘，兼併餘威固尚存。

莫訝高歌變徵聲，丁年冠劍自崢嶸。牽機尚賜降王長，輿櫬寧寬孺子嬰。根本已難遮百口，蒼黃猶欲挽同盟。誰摧革命將成業，愧絕南天有義兵。

淳化方里鎮宿外舅于公鶴九兵營

故山巖壑苦相招，住與梅花近此橋。河水漸冰思履虎，霜天和雪冷盤鵰。縈迴磴道窮幽險，歷落潮痕認漲消。暫許投荒成獨嘯，人間音息總無聊。

度隴

策馬荒山強自寬，重圍初出路漫漫。時經喪亂逢人怯，書寄平安著語難。百戰舊疆迷曉月，萬家新穫擁晴灣。柳陰牧笛橫吹好，六郡良材氣豈殘。

將近天水白玫瑰花夾道盛開好香卓越騎次口號

山花三百里，行路裊青枝。下馬眠香雪，鳴禽喚客時。

朝鮮海峽贈同舟韓人

樓艫橫東海，鯨鼉接浪來。還因三島近，轉爲一韓哀。地氣終難屈，天容鬱未開。白山終日望，禱爾國魂回。

苦聽箜篌引，蒼涼喚奈何。連波侵海岸，聚鬼瞰山河。國已東其畝，公毋北渡河。至今箕子國，猶動黍離歌。

水湧層巒起，因人感廢興。情親稱上國，淚盡指諸陵。白祫遺民服，青燐照海燈。

寶刀持共視，珍重渡滄溟。

寄懷絜生南京

每從愁裡讀君詩，樓外春雲雨萬絲。一到千年魂魄句，肝腸橫絕恐君知。
入海捶琴事未安，幾回分食向人難。相逢恰有君如我，好把心魂共守看。
艱難惟恐散同羣，又恐羈遲太累君。只有苦心兼熱淚，留人漂泊過春分。
相依申浦一年餘，記得挑燈發禁書。中夜讀完燃火笑，指天畫地兩狂奴。
送遠勞歌一再行，最含哀意過南京。宣城酒熟江風軟，空岸猶傳踏步聲。

清涼山題壁

樓外春雲水半鋪，橫江通得一辭無。從來南渡沈荒地，僑植瑯琊柳萬株。
隴頭嗚咽水曾經，萬里東南白下亭。握手與君雙淚下，猶留開國一山青。
青溪打槳女兒身，卻采芙蓉訴水神。不是關心南國事，碧波頻送渡江人。
輕帆移處水雲低，城郭春旗屋瓦齊。吹轉庶人風一派，百重春水百重隄。

吳中絕句

不定紅裳道路勞，目成親費楚辭招。花時城郭狂人淚，輕注寒山寺夜潮。
通辭還借綠章新，鑄劍吳門事久陳。斷盡闔閭王者氣，年來歌哭爲才人。
遺世靈和柳不垂，秋來簾影有涼吹。酬卿薄命文人業，愁絕張衡只獻辭。
吹香爲海水爲家，粉本生年未有涯。垂手一秋花窈窕，淮南招與月重華。

木犢石家飯店秋鐙小飯庚弟意有回護作此酬之

飛龍成蘗爲卿多，絕代傷春意若何。苦繫韓憑生死約，西陵松柏至今歌。
水蘅堂下即湘君，起定秋絃詛楚文。漂渺一襟花未醒，支硎山畔九嶷雲。
空山黃獨七哀哀，叫破天閽事未迴。難遣尋常花慰藉，故應多費往還才。
羲和鞭月九天驚，長爪才情舊已名。悔是南華蒙忌地，不關詞筆似飛卿。

秋襟 十首錄六

夜色秋分冷未知，杯停相約簡言辭。明夷觀象東林淚，已是雌風不競時。

松下羣山靜遠波，幾曾歸緒爲梨渦。華嚴萬字鐘聲入，淚濕還元閣上多。

春旗明出萬芬菲，北斗城南雪打圍。我作貞元朝士久，雲中夢繞鐵騎飛。

輕舟容與出秋山，紅袖難溫欲別顏。檢點藏襟花一朵，橫塘人去太闌珊。

鳳皇簫咽虎邱衣，此夜天孫未可歸。連臂月明清荈冷，人間多感是紅薇。

虎邱花氣馥清秋，苔點生公舊石頭。偶說可中亭畔事，月華如水記綢繆。

去京夜宿蕪湖諸友遠送至此感奉 六章錄三

京國去何往。遲遲戀不窮。蒼茫一相送，天地亂流中。草木寒生渚，旌旗夜轉蓬。
觚棱千里望，還起大軍東。

柏臺聞律令，操簡亦霜姿。猶以書生習，其如衆口辭。畏人成客子，寒抱甚孤兒。
踽踽匡廬去，空山恤所思。

地縮畿南重，寒潮咽亦親。已瀕強寇入，還對列廛新。轉徙先江表，憂危逼歲春。
夜闌霜岸火，疑與照京塵。

喜聞臺兒莊大捷

鐵券河山戰鼓殷，臨沂春服萬朱顏。公仇十世無情報，狂虜千營一夕殲。皇漢大風芒碭際，元戎神武指籌間。臺兒莊畔明明月，起爲中興照故關。

兵間 三首錄二

艱危千戰國能存，肯乞亡秦軹道恩。山嶽地尊湖沼地，椎埋魂起士夫魂。百年環海無亭障，萬里提軍有棘門。明恥備兵頻下教，歎然皇祖在崑崙。

牧誓明明久啟行，春風黃鉞肅前方。攻謀奮許全軍上，告誡今毋六事忘。遠國並哀兵火及，生民真念版圖荒。憂勤任戰無廷野，劍水耕雲繞陣長。

行察江防歸舟過白鷺湖長湖

湖藕香輕擁劍衣，柳隄黃沁水魚肥。盤弓滿注乘垣敵，逼壘猶支往歲圍。沼國新秋菰米足，故園深夢芷蘅歸。澤蘭不是無消息，江上孤行願可違。

奉命巡察戰區由重慶飛航武漢進次鄂東戰場

清夷神甸竚全功，大野玄黃死戰龍。百道山川連陣格，六州持檄出公宮。軍門謹下辛毗鉞，原廟懸歸楚國弓。早歲尚窺司馬法，宜將恭命報元戎。

集中佳篇絡繹，限於篇幅，弗克悉錄。尤以五七言古詩，光彩紛呈，驚天動地，不有其才，不際其時，必無此佳構也。先生未居五十，即歸道山，三原老人每言及之，輒泫然淚下，數十年後，讀其詩者，尚感動驚服，無怪當年爲老人所激賞也。考試委員劉象山先生於長毋相忘集後有書後一篇。亦𥠖皇典麗，玆併錄之如後。

王陸一先生遺墨書後

王陸一先生遺墨一册，皆戊寅庚辰間詩詞手稿，大抵于役荊襄時所作也。僕幸託後車，每快先睹。新詞脫手。在風檣陣馬之間，大劫飛灰。慨賸水殘山之際，哀人琴之已逝。淒絕前塵，攬楮墨之猶存，驚迴舊夢。憶昔全民抵戰，率土鏖兵。當湖湘震撼之秋，適仗節巡軍之始。于時鸚鵡洲上，徒聞落葉哀蟬，黃鵠磯頭。悵望西風殘照，索羣獸走、泱皆鳥飛，楫路將窮，鼓聲不起。先生周歷戎行，撫循士卒。滔滔江漢，聆風鶴以頻驚。悠悠旆旌，逐蟲沙而轉進。瘡痍已遍於淮海，烽燧更迫於荊襄。羊叔子登臨之地，峴首碑沈。蕭老公贊詠之鄉，大隄花謝。訪宋玉之宅，野蔓縈煙。過明妃之村，香溪吊影。老弱轉徙乎鄂渚，關津又失於彝陵。先生憫道路之流離，悲沈鉛管。念兵間之疾苦，淚漬征衣。於是勵敵愾於同仇，激哀音於變徵。述其聞見，著於篇章。以纏綿惻怛之詞，陳士習民生之弊。聞者足戒，言而有徵，非同采風，堪稱詩史。若乃廢壘看雲，孤村聽雨，稍離烽火，暫息塵勞，濁酒一杯，荒雞三唱。蘊靈襟於綿邈，寫神思之芳馨，漾餘情之漣漪，寄遙心於委宛，淒艷在骨，窈窕傷心，信才人之善感，亦名士之多情者歟。往在施南，從容燕語，與言命中之箕斗，期託身後之文章。豈料斯言，竟成悲緒，人天永隔，喪亂薦臻。神州既即於陸沈，遺箋久化爲灰燼。言念夙昔，慚痛徒深。先生文成繡虎，學富雕龍，閎博等於士安，諧趣亞于曼倩。搜羣玉于西極，吐碎金於東山，方乎古人，未遑多讓。至於江湖魏闕，無間忠愛，琴歌酒賦，別著風流。綜其平生，允矣君子。嗟乎，詩卷長留，公原不朽，滄桑屢變，我亦何堪。瓣香招屈子之魂，此日風迴弱水，斗酒酹橋公之墓，幾時日照潼關。

讀象山先生此文，可知先生之梗概，及詩詞之優美矣。陸一先生是性情中人，故執筆時往往熱情奔放而不可遏。其讀書記問似亦特強，觀其作品，可有感覺。惜乎天不假年，中年凋喪，若此時尚在，鼓吹中興必爲一時眉目也。傷哉。

趙堯生先生之香宋詩詞鈔

抗戰之際，予在陪都，其時作者林立。國民日報，有國民文苑，日刊詩作，如賈韜園，林山腴，孫藥癡，喬大壯，曹纕蘅，張默君，汪旭初諸名家時有篇章，載諸文苑，極一時之盛。而香宋老人巍然居尊，衆所景仰。晚年居梓鄉榮縣，不輕出游，抗戰八年，僅一至重慶耳。

老人名熙，字堯生，別號香宋，晚自稱香宋老人。清同治六年丁卯生，逝於民國三十七年九月，年八十一，先生於清光緒十八年成進士，散館授編修，曾長東川書院，及川南書院。官江西道監察御史，以辛亥疏劾盛宣懷向英、美、德、法，四國借款築路一案，直聲震朝野，入民國，淡於名利，以詩書終老，其詩詞與書法，最爲世人所推重，於小學古文，並所精研，嘗自謂「三十以前學詩，三十以後專治小學古文，近五十歲又學詩」。李漁叔先生《風簾客話》，稱老人之詩「功力深邃，蒼秀密栗，見者必以所作出諸苦吟，乃能悉臻穩愜，而實則脫口成吟，不假雕飾」又稱其「出句風神秀絕，雖急就，而凝重不流，其才力蓋天賦也」。至爲確論。

老人生前在渝時，住上清寺繆宅。許君武周棄子兩先生，曾往謁之，周先生並呈長詩，嗣得老人函謂「深有得於介甫者，又謂「介甫云，文字尤忌數悲哀，敬望稍抒懷抱，毋過爲苦語」云！。周先生於其未埋庵叢書言之。

數年前四川劉懷園先生搜集老人詩甚勤，首得北游詩，計六十三首，係老人所自編，又往香港覓鈔詩詞，自各報刊薈萃而來得詩四卷，詞四卷，其一至三卷，則老人自編者也。玆摘錄老人詩若干首於后。

雲陽舟中

下水船輕快小灘，曉行百里日三竿。風晴乍午山爭笑，歸路愁人夢亦寒。不見桃花疑月令，曷吟杜宇愛雲安。開年半月舟中過，燈火今宵上岸看。

瞿唐

大斧從根劈太虛，蒼巖奇到夢中無。誰知天地開時事，真有荊關畫外圖。四海一家忘鎖鑰，全川千古障夔巫。公孫躍馬屠沽氣，爭識蕭王在帝都。

巫山曲

巫山春草長，燕子話年芳。新月窺人坐，桃花拂水香。酒痕紅似玉，微醉墮釵梁。曉夢無尋處，春心遠自將。

歸　州

前去宜昌盡此城，榜人忌客算江程。荒涼古邑稀煙火，來往行舟問姓名。藍縷開基山一角，綠蘋齊葉雨初生。屈平哀怨王嬙嫁，留與青山送水聲。

東山寺

六一還朝後，千秋幾客來。爲名貪古蹟，出眾喜高臺。日月秦灰迴，江山楚望開。論兵搜史牒，苦戰歷羣才。

攬勝樓看雪

早晴風忽變，因飯老僧家。得酒生罏火，全山落雪花。江生荒峽路，墳隱戰場沙。絕感無人會，高樓攬四遐。

金陵

六朝煙水氣，春綠雨花臺。雁影三湘沒，龍盤萬象開。乾坤移殺運，生死練羣才。慘淡通侯績，江南賦可哀。

寄陶居士

不藥人粗健，開門雨又興。地偏諸客斷，雲重數山承。病葉秋如約，香花佛一乘。西風吹雁過，涼夜夢金陵。

孟夏

孟夏行秋令，新秧望雨何。讀書全卷少，老夢故人多。節物梅登市，詩心竹一科。貍奴尋美睡，耽暖入書窠。

夔峽

白露浩方夕，峽門知夜長。瞿唐不可上，木葉作新霜。杜子苦吟地，思君愁斷腸。

角聲黛溪北，鳴雁自成行。

閒居兩首

大亂經時慣，空堂辟客開。書遲通性懶，睡久識年衰。借竹鄰翁便，銜花燕子來。過門兵不入，刲外子雲臺。

淨業成清課，新花種絳蕉。書堂山向郭，夜雨水平橋。即事詩情得，平心世怨消。老懷傷亂久，經國驗農謠。

喜石遺至

茲山緣所孕，當戶揖峨嵋。會合天邊月，文章海內師。微吟成故事，小住補生期。（石遺佛生日生）夜愛銅河響，風篁助萬枝。

峨嵋絕頂觀日出

朝氣淨東方，地銜雞子黃。微升夢壑霽，靜裊一鐘涼。呼吸餘秋色，虛空蕩水光。遙遙日天子，紅處認扶桑。

峨嵋絕頂觀日入

日落未落處，萬山如火紅。天西亘雪界，玉立琢屏風。絕壑神燈出，羣星鼻息通。夜堂撾法鼓，搖蕩小鴻濛。

同人舊慈仁寺看松

一幅春雲蒼翠姿，或云生自六朝時。人情好事誰能據，天外蟠空勢自奇。古佛與人爭歲月，老龍出水作之而。尊前九日渾如昨，蕭瑟前身問畫師。（前年重九同石遺翁一游）。

十六夜憶無竟

思君何日到羅浮，屈指看山下鄂州。戀別嬌兒增涕淚，苦吟寒夜慎衣裘。愁來中酒看明月，江上生潮趁白鷗。可憶安仁留斷句，金焦雨點在船頭。

十日留宜園贈勁風主人

如此江山入酒杯，萬花高下涌樓臺。人間節是三春好，天外峰隨二水來。隔嶺亂松吹虎嘯，捎雲大竹養龍材。憑軒一吐全城氣，浩浩神州四望開。

題泗英金佛山詩卷

亘天蒼翠古南平，宋代邊防此治兵。向晚雲霞成火色，上方蟲鳥作詩聲。妙蓮梵出清涼海，方竹春移舍衛城。一笑齊諧聊志怪，飛頭毋乃是山精。

晤病山

君辭嵩洛向黔陽，八月驚濤噴武昌。顧我殘年栖滬瀆，今春聞子客湖湘。饑寒各向他鄉轉，歌哭俱窮舉國狂。萬死一生成此會，秋風落葉酒人莊。

楊子傳陳考功語命題所著散原精舍詩

不知何與饑寒事，一卷文章送此身。偶作江南未歸客，蒼然天下隱憂人。時流痛飲無虛日，家祭中原告老親。所欠人間惟一死，信陵君共楚靈均。

崇效寺看牡丹贈王病山京兆

七年旌節返金鑾，紅玉依然滿畫欄。別後官聲潮外雨，坐中人影佛前旛。重來白社驚春盡，垂老交情話酒闌。經世古來誰盡了，此花須作故人看。

清明寄榆生

老尋先壟日西斜，去歲清明苦憶家。白首鄉心通萬里，朱明洞口夢三椏。散原日下人應健，獨漉風流海一涯。爲問羅浮大胡蝶，可全身世佛桑花。

鄉居雜詠

風吹荔子又紅酣，積雨偏妨月廿三。不負青蛙鳴到曉，尚容殘夢到花潭。
一書亭午青生涼，萬竹搖風綠有香。清到此心無語處，數聲螻蟈出池塘。

消夏詞

小風新浴石床涼，釧上明珠受露光。不用荷花吹到枕，生來肌肉一般香。

寄石遺

今年歸自廈門無，南國青檀樹一株。此是詩人歸宿處，夜深重展福州圖。

夜坐

一卷燈前玉漏遲，金銀花下草蟲嘶。青天碧海無窮意，都是天涯夜坐時。

峨嵋紀行

老度兵荒又十春，一筇還我自由身。不妨靈運呼山賊，且喚嚴遵論主人。
仙山靈跡廣成遺，大意西來向祖師。換盡興衰人世外，海棠紅遍呂仙祠。
仙皇問道此蓬萊，留下雙虹玉峽開。還借趙家新句好，天風時送海濤來。
雲根石色合天倪，蘚跡時時印虎蹄。飛瀑不知何澗響，女媧洞在碧巖西。

南泉紀游

夕陽紅掛萬株松，一水搖天碧玉容。特與南塘標勝跡，建文皇帝最高峰。

送人之蘇州

秋影吳航載碧漪，計應相見不相知。詩心不與人俱老，一卷松風響七絲。

望石遺

吳下傳詩遍漢嘉，烏尤紅荔勝春霞。扁舟莫緩西來意，短簿祠前過落花。

自峨嵋歸走筆寄榆生詩人代柬四絕錄二

君才真是木棉開，白髮無因訪粵臺。割取海南春一片，赤龍鱗甲傍書來。

石遺老子萬峰頭，萬里雲霄萬里舟。款款東坡愛方叔，峨嵋山上説羅浮。

老人不事苦吟，而自然工緻，秀美出於胎骨，且秀而不薄，美而艷。後半所錄七言，佳句特多，運典生動，下筆輕靈，此與石遺老人所不同也。余在渝時，因素習歐陽通道因碑頗心儀老人書，曾一度學之。而無其蒼勁意，蓋老人用筆凝重，純用側鋒，看似粗猛，其實醇雅，曾見晚年手墨，因目疾欹斜塗污，不成行款矣。惜哉，錄詩既竟，並志其書法云爾。

曹纕蘅之纕蘅詩及陳灨一之甘簃詩

抗戰前，我國北方之天津及南方之上海，各有一雜誌，提倡舊詩，在津者曰《國聞周報》之采風錄，在滬者曰《青鶴雜誌》之詩錄，采風錄曹纕蘅主編之，青鶴詩錄陳灨一主編之，所錄詩則不限地域，凡當時所公認爲好詩者，悉予刊登，水準極高，無慶賀酬應之作，卻喜遂錄一時作家倡和之詩，如楊味雲之〈秋草四律〉、梁鴻志之〈跳舞詩〉五言排律。真是名篇似錦，佳句如雲，頗極一時之盛。纕蘅名經沅、四川綿竹人，清宣統巳酉優貢歷任安徽省政務廳長、安徽省政府秘書長、貴州省民政廳長等職，爲人爽朗，好交遊，有翩翩書記之譽，在北平時，與故都諸老倡和甚多，與陳石遺趙香宋諸老尤篤契，散原海藏，亦有往還，論其詩之遭際，可謂挹同光之餘輝。樹國初之風範者矣，爲詩不喜苦吟，流派頗宗西江，而不拘拘於一體。清新俊逸。與漁洋爲近。有借槐盧詩，未刊散失，纕蘅與本所張所長蒓老爲至好，倡和頗多，其在南京時掃葉樓雞鳴寺玄武湖勝事尤多，今不悉記，此據四川文獻社所刻《纕蘅詩鈔選錄》。

陳灨一字甘簃，晚號半翁，江西新城人，其詩集自序稱：「爲朝官，居幕府，掌教務，充主筆」皆與文字爲緣，新城陳氏世代簪纓，皆以文學政事著，陳康祺《郎潛紀聞》，稱爲世家文學之最，《姚姬傳》亦稱世澤之長，家法之嚴，無逾於江右新城陳氏之語，溥心畬謂其詩老益工、詞華氣充，不爲時變，不爲波流，爲近儒散原吏部之流亞，抗戰前余在上海吳眉孫師座上一見之，索余和〈跳舞詩〉。余一夕而成，載之首列，延譽後起，至今感之，民國三十八年予在廣州，購得國史館館刊，見傳狀敘目，有先師〈楊雲史先生傳〉，係灨一所作，來臺後徧求其文而不得，嗣聞吳興沈次量丈受灨一病榻之託，手寫影印其詩文。因錄得其所作楊傳，而次量丈爲不負故友之託，鬻去其藏品，得資完成其書，亦可云古道照人矣，玆將兩先生詩分介如後。

纕蘅詩

南京雜詩

門巷枇杷晝不開，畫船愈少愈堪哀。復成橋下盈盈水，曾照宮袍玉貌來。（庚戌薄游秦淮畫船尚盛）

虎踞龍蟠跡已陳，朱門是處沒荊榛。散原老向杭州住，誰與杭州作主人。（訪陳考功不遇）

聒耳笙歌夜未央，江樓一夕幾迴腸。燈前自寫南來錄，卻悔匆匆負建康。
（下關信宿，聞歌有感翌晨即北行矣）

人豪寂莫賸人奴，淺水寒聲已半枯。日暮勝棋樓下過，驚心此局竟全輸。
（獨游莫愁湖時北帥到寧皖帥初易）

故人王靜庵挽詩

匆匆執手記花時，危語辛酸最可思。萬口爭哀書種絕，一池猶是鼎湖遺。從教入地饒孤憤，可止酬君費百詞。愁絕國西門外路，回車腹痛幾人知。

柬伯老

久領滄州趣，吳霜未滿顛。繩床聊避地，杞國漫憂天，踏月南山曲，看雲漲海邊。祇今江左亂，何似永嘉前。

石老歲莫薄游海濱賦此奉柬

衝寒小作看山行，姓字真防估客驚。萬事無如求野獲，一生強半與鷗盟。儘收冰雪供詩料，且伴漁樵話耦耕。別有江湖憂樂意，看人簫鼓競春城。

次太夷九日韻

山寺題詩又幾秋，重陽久屬海藏樓。黃花偏耐遲遲發，佳日真成惘惘游。人道華顛殊未老，世除肉食更誰謀。北來多少幽并氣，都被先生腕底收。

天津海光寺禊集分韻得旗字

墊巾諸老古須眉，付與晴漪照髩絲。蠶市光陰花尚晚，鷗鄉消息客先知。幾年江上遲歸棹，一角橋南颭酒旗。卻憶詩人浮海去，銜觴那禁百回思。

得石遺花朝前三日書率賦

開函失喜及花晨，想見年時玉立身。老去牽腸緣愛子，亂餘留命作詩人。吟觴應憶宣南盛，書局差同洛下貧。不信津梁公欲倦，還堪騎馬踏京塵。

寄懷海藏日本

龍州先生世所無，丁年持節顏方朱。竭來閒卻斬鮫手，芒鞋重踏琵琶湖。湖光客鬢何曾改，挂夢山靈若相待。人謂看天淚欲枯，我知浴日心常在。秋老蠻花作意開，傾城爭看異人來。風情筋力公無恙，要令天驕讋霸才。

海濱寄懷石遺福州並寄堯生榮縣

天南耆舊繫人思，最數堯生與石遺。大隱差宜書局伴，高情遠和草堂詩。夢中一葉過巫峽，劫後雙松說顧祠。雲水蒼茫新洗眼，海濱樂事報公知。

吳門雜詩

絮帽飄蕭犯曉寒，道人應詫客何閒。尋常鶯燕尋春地，羞我孤行看雪山。（大雪虎丘曉望）

橫塘西去馬蹄驕，初日禪房雪未消。輸與當年王十一，孤蓬聽雨過楓橋。（雪晴再過寒山寺）

挂壁千詩墨未乾，山僧猶解話雲安。過江絮酒平生約，風雪連天欲渡難。

◎寺壁見無智居士題詩聞歸葬木瀆未久。

美人寂寞休論命，霸業銷沈不計年。祇有冷香名實好，一甌且試第三泉。

◎過真娘墓試劍石遂至冷香閣

家家門巷多修竹，處處池塘賸綠萍。不見金閶全盛日，苦從劫後問園亭。

沽上喜晤醇士即送南歸

揚塵真見海桑枯，喜子朱顏了不殊。宿約何能忘翠麓，春風依舊滿丁沽。崢嶸壁壘西江社，歸去田園栗里圖。眼底論都方喋喋，憂時更有此才無。

山居雜詩

大月流天送我歸，今宵萬里共清暉。山中樂事君知否，日日篼輿上翠微。

瀉玉跳珠亦等閒，最難奇景雨中看。黃龍潭上黃龍寺，且與鄉僧話歲寒。

香宋寄示丁家寨江寓小飲詩有江淹主此峰之語，是日余亦同集香宋云丁家寨以對甲秀樓甚妙甲秀樓貴陽城外之名勝余官黔時所常游也

山光綠到丁家寨，酒味濃於甲秀樓。輸與江侯專一壑，莫忘儁語出滎州。

甘簃詩

張家口深夜望月

燈火萬家暗，秋光此夕佳。誰憐邊地苦，對月強開懷。

青鶴半月志刊行喜作

書生好作不平鳴，文字干人我未精。清議猶存青鶴出，（世語云青鶴鳴時太平）期將國粹向前程。

前身未是林和靖，孤鶴伴吾共太平。多士莫疑方寸定，即無眾志亦成城。

偕傅藏園泛舟北海遇柯四燕舲

滿湖清水萬荷花，兩岸涼風送小槎。難得辨音如沈約，喜同載酒有張華。橋通南海流波合，目眺西山遠靄遮。此日光陰未可惜，無風無雨餐煙霞。

偕陳霆銳姜可生孫道始再至黿頭看桃花

快心千樹萬桃花，健步陳孫並子牙。水石天然圖畫景，黿頭渚上欲爲家。

法源寺看海棠

春深古寺白雲天，似錦羣花益復妍。雨後高枝尤嫵媚，此來獨爲海棠顛。

壽蕭龍友七十

同官禮館識君賢，亂後餘生喜共全。舉世正愁蟲豸盡，活人尚挾鵲陀篇。久聞穎上儒壇譽，甫過香山洛社年。恰值上元圓月夜，春燈影裏醉觥船。

簡墨巢

詩乃千秋業，真教萬口傳。先生甘退隱，世事益騷然。墨跡煙雲改，高齋日月懸。舉頭先輩字，我見倍流連。

今世本堪哀，何人惜廢材。孔融寧好客，王粲苦徘徊。漸老多霜鬢，懷憂未死灰。浦江繁盛地，青鶴儻飛來。

聊園招集同人為涪翁作生日分韻得穆字

宋代數詩人，西江最山谷。巨刃摩天才，詩不厭百讀。昔吾太高祖，全集爲雕木。藏園張以詞，版奉一時獨。（蔣心餘先生見刻本，嘗以長句詠之。）涪翁論詩旨，苦思纔能熟。世方尊兩耳，名句記吾腹。其意諷世人，謂以耳代目。宋詩已如此，於今遍異族。譚侯蓄佳庖，珍羞列滿屋。舉頭拜公像，多士皆肅穆。贛水正苦兵，國土日益蹙，天上儻有靈，宜憐衆生哭。千載知音存，公詩如波逐。

壽傅藏園七十

雙鑑樓名四海揚，圖書晚近得公昌。世誇作宦抽身早，天許看山特地忙。五嶽壯游珠記事，千秋絕業石中藏。人生七十稱稀有，待曉題糕日正長。

清明

九城花發欲消憂，自恨因循已白頭。極目山川歸渺渺，隨肩兄弟思悠悠。胸中壘塊誰能識，時下風雲苦未休。人世無如孤露者，春來偶夢到松楸。

輓陳鶴柴丈

晚歲談詩好廣收，論交海上十年游。苦吟正似孟東野，良友猶存高蜀州。如此清貧真罕覯，平生淡泊見潛修。江南去夏猶相晤，忽報哀音自海陬。

鬻書推命俗事也亦苦事也恃此易米戲成一律

往事蹉跎未自輕，饑來驅我願埋名。只容有粟能安命，不冀無餘度此生。世羨鄧通致富術，人憎韓愈送窮情。六書議價吾何補，更復求金説子平。

偶作

五月辛夷始放花，浮生只覺厭繁華。遼東春盡寒方盡，孤客衣單驟憶家。

夜涼不寢

天時五月似春寒，人事浮沈卻少歡。如此江山催我老，一身非易一家難。

沈次量貽詩索和即用原韻

道義文章友，視君最可親。椽書仍嫵秀，詩筆益精醇。久別抒情愫，乍逢亦宿因。（君來臺北，余已先至不期遇諸塗）天心當厭亂，共作太平人。

黃純青李翼中招飲圓山會者六十七人即席口占七絕一首並書於長牋

一燈昏暗待天明，此日清譚算論兵。海內詩人隨浪至，相逢島上見艱貞。

兩先生之詩，均見功力，然纕蘅似較勝之，蓋詩功深也，甘簃善爲古文，或於詩功稍遜，然兩人出處，大概相似，其得力於師友之處，尤非一般人所可想望，故能各據壇坫，同爲雄長，雖不能與散原海藏諸老相抗衡，亦足傳矣。

鄭孝胥之海藏樓詩

鄭太夷詩名滿天下，自光宣以迄民國初年，享大名數十載。其詩清剛瘦勁，兼柳州，東野，宛陵，介甫諸家之長，蓋以其才氣縱橫，筆致銳利，故讀者但覺爽利老辣，而不悉淵源之厚也，閩人詩向皆自成一格，陳石遺丈閩詩徵可代表之，細緻綿密，卻與太夷之蒼老爽健不同。即後來閩人之詩，皆不能越其藩籬也，太夷與石遺論詩曰「作詩用利筆易，用禿筆難。」又言「作詩無深抱遠趣，所謂不可適獨坐者固已，若處處不忘是作家，而不敢極其才思，誠作家矣，然終於此而已，安有深造自得之境。」又言「律詩要能作高調，不常作可也。」語皆深警，太夷入民國後，不甘寂寞，陪侍溥儀，以帝師自居，當溥儀逃入日使館之日，太夷有詩曰：手持帝子出虎穴，意氣不可一世，驕縱之氣，溢於言表，無怪後來參加傀儡，作相滿州。晚節汙濁。憔悴以沒。亦可慨也已，惟就詩而言。陳（散原）鄭齊名。巍爲西江一派之領袖，七言律詩，硬語盤空，語必驚人。一時無兩，五言古詩，自成馨逸，抗手散原。以文作詩，而不離詩格，蓋於《左傳》《莊列文選》致力甚深，揆諸君子不以人廢言之旨，因錄其詩。

官學雜詩 八首錄二

家孥寄人食，一身居都門。誰言不易居，寢處長苦閑。晝倦俄欲覺，諸生誦已繁。取書與相和，夢我丱角年。從嘲先生癡，涸轍枯微官。尚憎鳳皇池，今爲鵝鴨喧。豈知無巢者，暮雨鴟飛翻。十旬沈我書，方寸叢憂患。耐閒特不易，所學誠空言。

公卿喜接士，清望雅所歸。良莠雖雜陳，此意未可非。謂彼爲士者，豈無以自居。謹身保令名，庶足酬已知。如何務苟得，暮夜靡不爲。坐令倒屣人，鼠璞遭世譏。少年固可爾，垂老胡乃癡。陰求或不饜，恚怒仍怨咨。紛吾二三子，名盛毀亦隨。朋友有難言，我懷良鬱伊。

家書至郤寄 二首錄一

書來意萬千，隔此紙一重。持翦手自發，尚恐讀易窮。向來喜夜書，鐙花剔幢幢。墨淡字斷續，體勢殊未工。實亦無可語，但道無恙儂。欲知許時事，丁寧尋歡悰。生理本可笑，日對蓬髮僮。甚思逐春游，出門成孤蹤。正月月圓時，斜街鼓鼕鼕。二月月圓時，我在官學中。詩就還獨吟，書史頗亦攻。署中時來云，某日當趨公。賃車便應去，車聲何玲瓏。友朋有幾人，旬餘或相逢。笑談破無俚，神情終匆匆。説歸漸可厭，畫餅饑豈充。回頭看庭樹，誰能送飛鴻。

八月二十八日夜坐時將出都

宵涼百念集孤燈，暗雨鳴廊睡未能。生計坐憐秋一葉，歸程冥想浪千層。寒心國事渾難料，堆眼官資信可憎。此去夢中應不忘，順承門外近觚稜。

伯潛約游鼓山

風雨危前諾，中宵喜見星。夜寒依竹轎，曉霧出茅亭。滄海歸人瘦，孤峰向我青。入山真恨晚，舉首媿山靈。

薜廬同子朋待月

欲雪城西嘗對飲，舊游新歲感崢嶸。平生已畏論懷抱，湖海何緣識姓名。入寺看江孤閣冷，烹魚炊稻暮鐘晴。與君晚遇良非淺，小待梅梢好月生。

登攝山最高峰

每愁飛鳥滅雲端，石磴行來倦百盤。鐘阜雲開分晚照，吳江楓落入新寒。名山誰信身堪隱，世事終憐劫未闌。直恐哦詩增客感，松風還爲卷波瀾。

花　市

秋後閒行不厭頻，愛過花市逐閒人。買來小樹連盆活，縮得孤峰入座新。坐想須彌藏芥子，何如滄海著吟身。把茅蓋頂他年辦，真與松篁作主賓。

江之島夜宿巖本樓

潮頭未沒一痕沙，來處回看隔浪花。氣暖洞天巢蝙蝠，山貧夷戶賣龍蝦。燈前歸夢愁難熟，浦口遙峰認欲差。卻笑含情呂居士，偏將情感證無邪。

上海旅次寄京中友人書（送檉弟入都）

惘惘重經黃浦灘，霜鐙照徹月千盤。潮喧樓外車初過，雨迸尊前曲未殘。入洛士龍成獨往，傷春小杜罷追歡。修書靡說江湖意，已覺春陰到指寒。

述　菊 二首錄一

天涼意便好，秋高事欲長。菊花為時出，見之輒神往。島人亦好詩，闢地據高爽。斂錢乃縱覽，婦稚雜擾攘。連棚往復還，種色競題榜。輕寒媚海日，千本各俯仰。就中半束縛，佳卉失倜儻。誰令爾生前，逸士墜塵網。來歸伴蕭齋，吾不汝抑枉。

望月懷子培

天風海色颯成圍，獨倚三更萬籟稀。不覺肺肝生白露，空憐河漢失流暉。東溟自竄誰還憶，北斗孤懸詎可依。今夕太虛便相見，屋梁留照夢中歸。

櫻花花下作

仙雲昨夜墜庭柯，化作蹁躚萬玉娥。映日橫陳酣國色，倚風小舞蕩天魔。春來惆悵誰人見，醉後風懷奈汝何。坐對名花應笑我，陋邦流俗似東坡。

嫣然欲笑媚東牆，綽約終疑勝海棠。顏色不辭脂粉汙，風神偏帶綺羅香。園林盡日開圖畫，絲管含情趁艷陽。怪底近來渾自醉，一尊難發少年狂。

脈脈輕陰壓軟塵，閒愁漸倚竹枝新。清明寒食初驚艷，穠李夭桃不當春。薄醉乍蘇沈宿夢，凝妝纔就寫全身。亭西棖觸年時事，錯認東華絕代人。

看到繁枝處處開，韶光駘蕩錯成堆。春歸滄海剛三月，骨醉東風又一回。花氣連雲收暮雨，濤聲催晝送輕雷。道人摩眼空吟望，無復當年側豔才。

【附註】此四詩非海藏樓平時面目。然如此緜密纏綿，於此知此翁少年時於西崑必曾致力也。

懷座主寶竹坡待郎廷

滄海門生來一見，侍郎顑頷掩柴扉。休官竟以詩人老，祈死應知國事非。小節蹉跎公可惜，同朝名德世多譏。西山晚歲饒還往，愁絕斜陽挂翠微。

雪後第一樓曉坐

江坡海氣曉澄鮮，晞髮貪憑碧檻前。天半飛樓收雪色，坐中明鏡對雲煙。鴟夷畫舸寧終隱，梅福吳門未是仙。儘有豪情凌百尺，只愁無地與高眠。

幽棲

空翠曉絪緼，鳥聲清可聞。目成溪上水，心悅嶺頭雲。下吏何妨隱，幽栖誰與羣。前灣異喧寂，絃管太紛紛。

杜陵畫像

杜陵一生百不就，至死不爲天所佑。誰知歷劫行人間，造物安能如汝壽。詩者一人之私言，或配經史垂乾坤。丈夫不朽當自致，假手功名安足論。

三月初五日攜家人往龍華觀桃花至則已謝

老去春歸最惘然，龍華花事誤今年。春光只在殘江裏，搔首何須更問天。
處處池塘是綠陰，春歸何處試追尋。游龍流水空惆悵，未抵詩人一往深。
誰遣春陰換夕曛，江頭暗盡爇天雲。回車自覺無才思，祇道來遲問細君。
十里花光耀綠波，經旬情事邈山河。劉郎乘興殊愁晚，拋盡華年奈汝何。

二月二十二月集陶然亭

水光明滅入高寺，戴雲西山耀天際。推窗滿眼是江湖，今日江亭最清麗。江亭佳處在一曠，十丈車塵隔人外。下車登閣似登山，步步層層帶吟思。林梢草根動黃綠，觀闕遙空隱丹翠。清談何必遽流涕，坐送斜陽足餘味。小丘迤北特孤聳，於此置樓百殊致。若能張鏡吸山光，臥看方知勝閒對。我來數旬本閒客，況值胡公懷去志。諸賢儻念會合難，莫惜看花數聯袂。

題慈烏村圖 冊中有金酉叔茂才自作隱居賦一首甚妙

金村幽人隱居賦，樹老峰環資掌故。能文只用說田園，辟世誰如守丘墓。年年返哺還養雛，共愛君家屋上烏。切莫離巢思遠舉，出村恐有黑雲都。

殘菊

秋來舉醆尚能空，日日東籬繞晚叢。老去詩人似殘菊，經霜被酒不成紅。

園花盛開三月十五日

海棠凝脂已絕倫，櫻桃薄醉如離魂。粉光玉色難逼視，露華乍斂騰春雲。數株出簷滿空雪，日光穿林雪中月。近竹高枝見碧花，便覺茶香暗蠲渴。去年惡風傷吾花，今年花事休相誇。朝朝召客立花下，定攬鬢絲對落霞。

哭愛蒼

共推左癖如元凱，酷慕詩流必老坡。失路江湖空憤慨，戕生陵谷坐銷磨。向來天際真人想，昨日寒齋一夢過。垂死犂來雖莫逆，鼠肝蟲臂奈君何。

磨墨

盥漱衣冠只四更，慣將磨墨遣閒情。不辭漆黑休燈坐，磨出窗間一片明。

十三夜看月落

殘宵孤坐將何待，暗裏流光亦可驚。夜色蒼蒼收欲盡，卻看墜月入天明。

雜詩

去年未見花，今年歸非早。留花若相待，寒雨兼可惱。殘妝偶映日，一顧殊草草。雨中已堪憐，放晴花又老。傍簷復臨池，二株稍娟好。因寒卻成瘦，含艷奈微縞。盛時嗟非盛，墜片忍遽掃。

一月凡幾日，默數我將去。缺月漸如鉤，徘徊惜向曙。友朋見不易，簡要擇所語。家人話稍繁，懽喜若初聚。小別雖甚慣，世變良可懼。共誇吾未老，自省入遲暮。檢書且拂案，莫動起坐處。秋風我復歸，此景還成故。

二月廿四日歸海藏樓花已半殘

殘花能待我，於意良甚厚。吾猶及此花，於義或無負。人生不相及，餘恨常八九。至哀來無端，顛倒終何有。年年人漸亡，自顧亦已叟。唯當屏文字，縱論且舉酒。

梅泉誠善頌，惜此蓋世翁。惜乎天與子，非窮亦非通。舉世如鴻毛，泰山在此窮。七十何所求，哀歌氣填胸。友朋稍見知，來往成奇蹤。春秋歸斯樓，八年更雨風。置子魯陽戈，行看日再中。

四月八日乞假至大連星浦

抉壁施窗憶壯年，推窗海色自無邊。人間正有千重恨，呵壁憑誰更問天。
含蕊殊濃開漸淡，人生花事黯何言。花前人與春俱老，惘惘沾襟豈酒痕。

以上就海藏樓詩中少壯晚年，三階段，分期摘錄，其中以五六十歲時所作最爲精勁。七十後精力就衰，詩中倔強之氣，亦少衰矣，以詩論詩，無慚大家。昔阮圓海之詠懷堂詩，錢東澗之初有學集，亦何嘗不佳，顧其爲人品節，亦不足稱，甚矣文德之難兼也！

邵翼如先生之玄圃詩存

余既錄張默君委員之〈大凝堂詩〉，極思得邵翼如先生之〈玄圃詩〉一讀。時逾年餘，始由國史館許師慎兄假余〈玄圃遺書〉，因得盡讀先生之文。而昔年所寫示紀游之詩，赫然在焉，爲之狂喜。

民國二十年前後，國家安定，江南尤殷足，凡居官南京者，恒以休沐日，作近縣之游，是以京滬鐵道、京杭國道、錫滬公路，皆游人絡繹，而吾邑虞山，尤爲裙屐攬勝之要地，邵先生伉儷暨張蒓鷗丈，曾兩度到常熟，先父宴於我家舊宅中，並展觀藏畫，嗣後經常通問，並寫示近作，即集中諸作是也。

先生於民國二十五年十二月殉難於西安，舉世哀之，默君夫人尤哀痛備至，翌年編印所作哀悼之詩曰，《正氣呼天集》，余曾爲題詩，憶邵先生逝世之日，余曾作詩哭之，今稿亦不復得矣，惟民國四十五年邵先生逝世廿年紀念，默君先生於臺北實踐堂設會追悼，並展覽邵先生遺著，予曾獻詩四絕曰。

一鶴崆峒去不還，廿年西望淚潸潸。傷心此夕長安月，猶照當年碧血殷。
正氣呼天竟不膺，詩人紅淚欲成冰。珍持遺墨留霄壤，夜半山堂寶氣騰。
夙昔曾陪勝日游，劍門吾谷挹清秋。家山殘破人將老，小友於今漸白頭。
玉尺衡文意尚豪，願將八士拔羣曹。治平更與傳心法，翊贊中興莫厭勞。

以上四絕，前三首言往事，最後一絕，謂默君先生在臺任考試委員也，茲錄翼如先生詩若干首如後。

真契

朝陽初曨曈，碧霄無纖翳。開戶引清風，芳菲襲庭砌。三五好鳥來，鳴聲何流麗。
覽此感物華，遐思邈真契。
鳥兔走不輟，韶華昕夕催。玄髮日以緇，緇者化為灰。當時絕代子，今成塵與埃。
念此長太息，肝腸為之摧。

泛赫森江

炎夏發清興，遵言泛長川。澄波繞廣陌，嘉樹凝芳煙。蒼蒼合陰谷，漠漠開連阡。崖峻石如削，峰迴逕屢偏。孤村忽一見，童稚語喧闐。乍憙綠野秀，又耽珍果駢。霸才餘廢壘，詞客賸荒廛。頗傳幽怪說，亦棲肥遯賢。我我加齒山，窟宅真神僊。安得受金訣，凌雲翩騰騫。

華胥

芳蘭憔悴恨如何，十載華胥如夢過。誰解霓裳第三曲，調箏重譜洞仙歌。

默君自白下緘寄臘梅一枝感賦

錦字遙傳一室春，寒香數點色如新。故園千里難飛越，坐對瓊柯憶玉人。

登黃山天都峰

天都崔巍浮雲中，排盪靈氣陵虛空。蓮花低首不敢抗，青鸞獅子皆臣工。我來駐足天門坎，一線纔有窺徑通。壁削萬仞凝苔蘚，鳥飛不度猿猱窮。古來此境人不到，天闕久閟塵凡蹤。文士歌咏勞夢想，臨崖徒羨冥飛鴻。洛予平生勇登陟，未探絕頂寧能雄。

況今四海多戎馬，胡不騰身軒轅宮。翻然直上決無悔，手足攀援超距同。汗流氣喘神不懾，猛志直欲開蠶叢。盤旋萬折縱幽險，閶闔詄蕩乘天風。玉床丹竈宛然在，翠芝靈草流青蔥。奇松夭矯破石出，柯如蒼玉根青銅。抗風戰雪不知歲，直與造化同始終。定中恍聞張廣樂，又似羣后驂霓虹。清虛已見通象緯，至道何異詢崆峒。雄秀既媲泰華岳，博大更奪恒與嵩。羣峰俯視皆邱垤，但見下界煙濛濛。安得招彼浮丘公。神寒骨重青雙瞳，流霞再酌顏色紅。沆瀣一氣騫高穹，坐看日月西復東。

十九年春錫山梅園探梅兼覽蠡湖諸勝偕默君四首

碧玉渟泓一鑑開，寒香萬本費栽培。水村處處輞川畫，可有花光入夢來。

香雪無邊破碧寥，諸峰聳翠壓春潮。江皐冷豔年年發，野鶴無心未可招。

香沁詩脾洗醉紅，高樓寒翠挹天風。繁花如雪春如海，萬頃湖光旭照中。

鬱鬱天馨發古枝，不隨凡豔鬥新姿。湖山留得春長在，林下風流有所思。

癸酉夏集匡廬萬松林精舍分均得關字

飄然攜手躡松關，蘭渚風流若可攀。浮世已隨蒼狗換，勞生偶共白雲閒。瀑懸三疊飛靈澍，香散諸天破醉顏。一抹匡山青未了，抱琴林下聽潺湲。

廬山逭暑用遠公韻

杖策事幽討，消搖窮林跡。飛流天際垂，空翠巖間滴。昔賢尚嘉遯，外物情自適。險遠既非阻，深秀於焉闢。遂令造化奇，一一洞無隔。曠然覽八紘，若振培風翮。涼意濯靈襟，為道資日益。

二十二年汴闈校士酬次公韻

梁苑秋高雁影寒，嵩岑遙翠拂雲看。衡文玉局流聲遠，作賦金門繼躅難。好貫長繩羈逸駿，還憑健筆湧飛瀾。大河決漭靈鼇上，試取任公百尺竿。

二十四年春中央命禮黃帝橋陵中部

橋山沮水五雲飛，虬柏嵯峨聳翠微。萬古冠裳開郅治，九天風雨下靈旂。阪泉三戰玄黃血，廟貌長懸日月暉。瞻拜漫興多難感，重光還仗一戎衣。

謁周文武王陵畢原

畢原靈氣護岧嶢，涇渭春波漸欲潮。岐下鳳鳴靈德在，孟津魚躍陣容遙。文謨武烈承三代，關雎麟徵繼九韶。我亦陝封舊苗裔，甘棠遺蔭仰重霄。

題金陵老萬全酒家

苑柳絲絲護曲房，南薰吹夢醒高唐。紅橈一去無消息，風過秦淮帶酒香。

重遊黃山雜詩五首

雲谷寺再謁蘗庵大師塔並序

蘗庵大師，即明遺民熊開元，嘗赴難南都，事敗棄家爲僧，卒葬黃山擲鉢峰下，余曾捐資重修其塔。

落日揮戈鼎已移，嵯峨大節竟何施。歸來擲鉢空山裏，頭白林間聽子規。

松谷夜宿偕默君君豪

松篁流韻散巖阿，石髓飛青激素波。山寺一鐙同夢處，林梢新月晚來多。

雨中自獅子林赴松谷

峰峰雲氣太縱橫，十里霜林自在行。爲愛石泉清澈骨，不辭山雨打頭迎。

松谷雨中渡重陽

纔從獅頂觀雲海，又向松庵度石梁。霜醉楓林人醉酒，四山風雨作重陽。

自蓮花溝赴天都峰

蓮溝突兀攢丹碧，照眼秋光蜀錦敷。山雨欲來嵐翠暝，一襟靈氣上天都。

登衡嶽同默君觀日出

玄闕霱非煙，憑虛此冷然。萬流參帝座，湘江五折皆向嶽俗稱五龍朝聖。一柱鎮南天。雲薄荷衣濕，霾開曉日懸。靈峰望無極，直上祝融巔。

過邠川慶壽寺

棗林衍平疇，突兀丹崖上。法相湧金輪，淩霄開軼蕩。如見貞觀年，鄂公氣颯爽。駐馬此徘徊，靈蹤結遙想。

丙子閏上巳禊集玄圃分得會字

兩度元巳花事奢，指點羲輪駐春旆。寒銷漸見丁香繁，雨潤乍憙新竹大。羣賢濟濟美東南，我媿園林媲水繪。隨分還須略主賓，亂世幾回容傾蓋。新章奔瀉萬壑騰，操選詎能定殿最。堂堂筆陣齊楚軍，摩壘咨余同莒蔡。干戈動地催鬢斑，轉轂人生幾否泰。卅九年來歷劫重，（自戊戌閏重三至今歲爲三十九年）莫負今朝良宴會。

過從化溫泉宿若夢廬

地火蒸陽液，潛竇洩靈瀨。迴峰三百里，清沚遞映帶。烈泉噓融風，蒸沙已癘癩。煮疑丹竈經，巧嗟化工汰。一酌療瘵疴，三沐淨塵壒。暘谷信非虛，上池豈足大。飛虹百丈泉，浩蕩凌無外。夜靜松風寒，寂然虛萬籟。

貴縣謁石翼王亭

大漢男兒歌破斧，手提三尺盪胡虜。剽騎北伐勢莫當，翼王矯矯人中虎。惜哉中朝亂無序，自壞金甌彼纖豎。蜀川星隕天所哀，精爽耿耿沒猶怒。西江漣漪夏屋渠，魂兮倘來娛茲土。豐碑嵯峨民不忘，我來拜王淚如雨。

過崑崙關懷狄武襄

危巒重險夐難攀，氣壓南疆鎮百蠻。如見武襄英略在，輕騎三鼓奪雄關。

桂林游疊綵棲霞諸巖並泛舟陽朔三首

桂林山水區，不到夢亦慚。化工費琱鑿，勢欲萬象涵。嵯峨石骨露，深秀天柱劖。森然拔地起，一一青瑤篸。連駢與突立，極目皆險巉。譬彼虎賁士，峨峨植戈鋑。迺知覆載內，靈奇待窮探。大哉宇宙秘，獨擅南疆南。

湛湛灕江水，繚此萬玉峰。清流見倒景，蕩漾青芙蓉。山光曳秋姿，殊態皆玲瓏。

垂或若象鼻，矗或若高幢。峙或若門雉，挺或若長鏦。舟行百里間，目駭情未窮。流霞映迴谿，餘綺炫青紅。始信陽朔美，永誓魂夢通。

秉炬躡幽險，更詫洞壑奇。疊綵與栖霞，髣髴神鬼爲。深房象天闕，密宇懸罘罳。巨鯨掉尾游，龍伯角觺觺。日月若在上，錦鯉躍雲楣。萬類靡不肖，巧豈人力施。心驚墜九幽，谷口忽明煇。詭境怵心魂，目眙氣敗噫。

先生之詩，清華高秀。五言古詩尤爲俊雅。與默君夫人之大筆淋漓。光采紛呈。似不一致，蓋先生之詩近於瘦勁，而默君夫人之詩，則近於豪放也。先生遇難時，僅四十有七。若天假其年，今日尚在，則豈獨文章之成就更大，抑於政事之獻替將益多也。人之云亡，邦國殄瘁，蓋可傷已，石遺老人有哭先生一詩，頗古奧。與平日所作不同，兹併錄之。

魯連玉貌何觥觥，卻從平原居圍城。侯嬴朱亥不可得，李傕郭汜紛相乘。豈其懷光殞巢父，豈其希烈戕真卿。玉川小住王涯宅，遽爾夜半遭添丁。哀哉林下謝夫人，王郎可曾誤鬼兵。向來雙飛與雙鳴，無端折翼殞其生。

黃公度之人境廬詩草

有清一代之詩，因乾嘉時說經考據之學特盛，從而影響詞章，務爲奧衍，龔定盦其代表也，其後鄭珍子尹，莫友芝郘亭，范當世肯堂，雖蹊徑各殊，格局各異，要之皆能深重古樸，務見其艱深，而不願爲尋常語，此一派也，又有煙霞萬古樓王曇仲瞿則務爲明快，驚才絕艷，一瀉無遺。則以氣勢盛壯稱於世，另有舒位鐵雲瓶水齋集亦與王曇相近。七律詩尤組織天成。芬芳悱惻。至同光之際，而有黃遵憲公度。公度積學有識，出使海外，閱歷亦多，以其中國文學之根柢，加以各國殊風異俗之閱歷，遂成公度自己之詩，其自序云，「士生古人之後，古人之詩，號專門名家者，無慮百數十家，欲去古人之糟粕，而不爲古人所束縛，誠戛戛乎其難。以爲詩之外有事，詩之中有人。今之世異于古，今之人亦何必與古人同」。亦見公度對創闢詩之新境界之抱負矣，康有爲敘其詩曰「久遊英美，以其自有中國之學，採歐美之長，薈萃鎔鑄而自得之，尤倜儻自負，橫覽舉國，自以無比，而詩之精華深妙，異境日闢，如遊海島，仙山樓閣，瑤花縞鶴，無非珍奇矣，公度長身玉立，傲睨自喜，吾游上海，開強學會，公度來訪，昂首加足于膝，縱談天下事，其詩上感國變，中傷種族，下哀生民，博以寰球之游歷，浩渺肆恣，感激豪宕，情深而意遠，益動乎自然，而華嚴隨現矣」梁啟超爲公度墓志，亦稱「自其少年稽古學道，以及中年閱歷世事，暨國內外名山水，與其風俗政治形勢土物，至於放廢而後，憂時感事，悲憤伊鬱之情，悉託之於詩，陽開陰闔，千變萬化，不可端倪，於古人詩中，獨其境界」。石遺老人亦謂其詩驚才絕艷，人謂其濡染定盦，實則宗晞髮集甚至，而李審言先生亦致佩公度，有題人境廬詩草云。

廿載無人繼硬黃，（原注貴筑黃琴塢有硬黃之稱，袁忠節昶復舉以贈漱蘭先師，公度亦可謂硬黃矣。）如君合署此堂堂。鳳鸞接翼罹虞網，螻螘先驅侍景皇。詩草墨含醇酖味，英靈名破海天荒。試看生氣如廉藺，孰與吳兒論辨亡。

亦可見審老之傾倒矣。今就集中各階段摘錄若干首如後。

出門

出門楊柳萬條春，送我臨歧意未申。得失雞蟲何足道，文章牛斗可能神。無家離合悲歡事，從此東西南北人。手版腳韡兼帕首，任風吹墮軟紅塵。

由輪船抵天津作

遙指天河問析津，茫茫巨浸浩無垠。華夷萬國無分土，人鬼浮生共轉輪。敵國同舟今日事，太倉梯米自家身。大鵬繫水南風動，忽地吹人落軟塵。

代東寄詩五蘭谷並問諸友

入夢江湖遠，撐胸天地寬。長安人踏破，有客獨居難。短榻鳴蟲寂，孤燈落葉寒。不禁兒女語，瑣瑣寫君看。

萬樹和風起，吾心吹不歸。袖留孤刺在，書自百城圍。大海容鷗住，高雲看鳥飛。酒痕和淚漬，時一檢青衣。

親健都奇福，芳蘭各自花。雲扶王母杖，酒煖冷官衙。巢燕長依母，棲烏又有家。上堂如照鏡，莫嘆鬢絲華。

覆地桐陰綠，中爲人境廬。剛柔分日課，兄弟各頭居。草草常留飯，匆匆亦讀書。近來仍過我，見我衰師無。

不忍池晚游詩（十五錄五）

開門看雨夢纔醒，一抹斜陽映畫屏。隨著西風便飛去，弱花無力繫蜻蜓。

紅板長橋雁柱橫，兩頭路接白沙平。前呼後擁蕭蕭馬，猶記將軍警蹕聲。

百千萬樹櫻花紅，一十二時僧樓鐘。白頭烏哭屋梁月，此是侯門彼佛宮。

鴉背斜陽閃閃紅，桃花人面薄紗籠。銀鞍並坐妮妮語，馬不嘶風人食風。

三更夜深月上檽，荷花遙遙透微馨。爐煙帖妥窗紗靜，不解參禪也讀經。

游箱根（三首錄一）

危塗遠盤行，徑仄鳥跡絕。一步不敢前，雙足若被刖。人呼兜籠來，縱橫寬尺八。腳手垂郎當，腰背盤曲折。輿人出裸國，皮縐龜兆裂。螭蛟纏滿身，橫胸施絳抹。兩肩乍擡舉，雙杖互扶挈。前枝後更撐，仰攀俯若跌。有如蟻旋磨，又似蛇出穴。跦跦上竹鮎，蠢蠢爬沙鼈。噫風竹筒吹，汗雨蒸甑泄。勞倦時一歌，鄉音鳥啁哳。煙樹繞千迴，風花眩一瞥。峭壁俯絕壑，旁睨每撟舌。四山呼無人，一墮便永訣。畏途寧中止，弛擔屢更迭。直窮絕頂高，始覺天地闊。

流求歌

白頭老臣倚牆哭，頹髻斜簪衣慘綠。自嗟流蕩作波臣，細訴興亡溯天蹴。天孫傳世到舜天，海上蜿蜒一脈延。彈丸雖號蕞爾國，問鼎猶傳七百年。大明天子雲端裏，自天草詔飛黃紙。印綬遙從赤土頒，衣冠幸不珠崖棄。使星如月照九州，王號中王國小求。英簜雙持龍虎節，繡衣直掠鳳麟洲。從此苞茅勤入貢，艷說扶桑繭如甕。酋豪入學還請經，天王賜襲還歸賵。爾時國勢正稱強，日本猶封異姓王。只戴上枝歸一日，更無尺詔問東皇。黑面小猴投袂起，謂是區區應予畀。數典橫征貢百牢，兼弱忽然加一矢。鯨鯢橫肆氣吞舟，早見降旛出石頭。大夫拔舍君含璧，昨日蠻王今楚囚。畏首畏尾身有幾，籠鳥惟求寬一死。但乞頭顱萬里歸，妄將口血羣臣誓。歸來割地獻商於，索米仍輸歲歲租。歸化雖編歸漢里，畏威終奉赫蠻書。一國從前臣二主，兩姑未覺難爲婦。稱臣稱姪日爲兄，依漢依天使如父。一旦維新時事異，二百餘藩齊歧制。覆巢豈有完卵心，顧器略存投鼠忌。公堂纔錫藩臣宴，鋒車竟走降王傳。剛聞守約比交鄰，忍爾廢藩夷九縣。吁嗟君長檻車去，舉族北轅誰熱訴。鬼界明知不若人，虎性而今化爲鼠。御溝一帶水溶溶，流水花枝蝴蝶紅。尚有丹書珠殿桂，定收金印紫泥封。迎恩亭下蕉陰覆，相逢野老吞聲哭。旌麾莫覩漢官儀，簪纓未改秦衣服。東川西川弔杜鵑，稠人宋父泣鸜鵒。興滅曾無翼九宗，賜姓只存殷七族。幾人脫險作逋逃，幾次流離呼伯叔。北辰太遠天不聞，東海雖枯國難復。氈裘大長來調處，空言無施究何補。只有琉球卹難民，年年上疏勞疆臣。

遠歸

人人相見各開顏，載得春風入玉關。鄰里關心問筐篋，兒童拍手唱刀環。且圖傍岸牽舟住，競說乘槎犯斗還。海外名山都看遍，杖藜還看故鄉山。

遣悶

花開花落掩關臥，負汝春光奈汝何。天下事原如意少，眼中人漸後生多。聲聲暮雨蕭蕭細，去去流光踏踏歌。今日今時有今我，茶煙禪榻病維摩。

自香港登舟感懷

又指天河問析津，東西南北轉蓬身。行行遂越三萬里，碌碌仍隨十九人。久客暫歸增別苦，同舟雖敵亦情親。龍旗獵獵張旜去，徙倚闌干獨愴神。

得梁詩五書

廿年蹤跡半天下，數盡新交總不如。四海幾人真我友，黃金一紙當家書。相期雲漢高飛鵠，難忘江湖同隊魚。事事蹉跎落人後，可堪君尚逐前車。

夜登近海樓

曾非吾土一登樓，四野風酣萬里秋。爛爛星辰長北指，滔滔海水竟西流。昂頭尚照秦時月，放眼猶疑禹畫州。回首宣南蘇祿墓，記聞諸國賦共球。

寓章園養病

海色蒼茫夜氣微，一痕涼月入柴扉。獨山對影時言笑，排日量腰較瘦肥。平地風波聽受慣，頻年哀樂事心違。笠簷簑袂桄榔杖，何日東坡遂北歸。

養痾雜詩 錄六首

萬山山頂樹參天，樹杪遙飛百道泉。誰信源頭最高處，我方跂腳枕書眠。
樹密山重深復深，穿雲渡水偶行吟。欲尋歸路無牛矢，轉向無人跡處尋。
桃花紅雜柳花飛，水軟波柔碧四圍。五尺短繩孤棹艇，小兒誰曳鰐魚歸。
竹外斜陽半滅明，捲簾攲枕看新晴。雨塵飄漾香煙裊，中有蛛絲屋角橫。
鐙紅月白可憐宵，羯鼓如雷記里遙。異種名花新合樂，知誰金屋別藏嬌。
一聲長嘯海天空，聲浪沈沈入海中。又挾餘聲上天去，天邊嘹唳一歸鴻。

悲平壤

黑雲草山山突兀，俯瞰一城礮齊發。火光所到雷硠礚，肉雨騰飛飛血紅。翠翎鶴頂城頭墮，一將倉皇馬革裹。天跳地踔哭聲悲，南城早已懸降旗。三十六計莫如走，人馬奔騰相踐蹂。驅之驅之速出城，尾追翻鬥餓鴟聲。大東喜舞小東怨，每每倒戈飛暗箭。長矛短劍磨鐵鎗，不堪狼藉委道旁。一夕狂飆三百里，敵軍便渡鴨綠水。一將囚拘一將誅，萬五千人作降奴。

馬關紀事五首錄四

既遣和戎使，翻貽驕倨書。改書追玉璽，絕使復軺車。脣齒相關誼，干戈百戰餘。所期捐細故，盟好復如初。

卅載安危繫，中興郭子儀。屈迎回鶻馬，羞引漢龍旗。正勞司賓館，翻驚力士椎。存亡家國淚，淒絕病床時。

括地難償債，臺高到極天。行籌無萬數，納幣一千年。遼金歲幣銀二十萬兩以今計之合一千年乃有此數恃眾忘蠭蠆，驚人看雀鸇。傷心償博進，十擲輒成鞬。

竟賣盧龍塞，非徒棄一州。趙方謀六縣，楚已會諸侯。地引相牙犬，鄰還已奪牛。瓜分倘乘敝，更益後來憂。

閏月飲集鍾山送文芸閣學士廷式假歸兼懷陳伯嚴吏部三立

潑海紅霞照我杯，江山如此故雄哉。馬蹄蹴踏西江水，相約扶桑濯足來。

立秋日訪易實甫順鼎遂偕游秦淮和實甫作

袖裏魂南一束詩，茫茫相對兩情癡。看揚玉海塵千斛，喜賸青溪艫一枝。鶉首賜人天亦醉，龍泉伴我世誰知。死亡無日難相見，況又相逢便說離。

放歸

絳帕焚香讀道書，屢煩促報訊何如。佛前影怖棲枝鴿，海外波驚涸轍魚。此地可能容複壁，無人肯就問篋輿。玉關楊柳遼河月，卻載春風到舊廬。

寄題陳氏崝廬

前者主人翁，我曾侍杖屨。後者繼主人，雁行我兄弟。滔滔大江流，前水復後水。一息不停留，百川互輸委。翁昔笑倚欄，早識生滅理。蓬蓬馬鬣高，萬古藏於是。一官甫歸來，乃無託足地。生當大亂時，忠賢或祈死。人至以死祈，世事可知矣。嗟嗟我華種，受生即患始。盡是無父人，呼天失怙恃。弱肉供強食，誰能保沒齒。翁今順化去，萬事責可已。呼龍下太荒，倘作神游戲。屋後瘞鶴銘，是翁記默示。階前紅杜鵑，是子所染淚。鶴塚鵑巢間，乃我寄題字。揣翁垂愛心，萬一肯留視。

茲從《人境廬詩》十一卷中選此若干首，各體約備。公度詩之面目，亦得概見。其天骨開張，大氣包舉，能於古人外自闢町畦，撫時感事之作，悲壯激越，足當詩史，錄其詩以見近代詩之另一派云爾。

夏劍丞丈之忍古樓詩

民國初年，作詩者大都奉陳（三立）鄭（孝胥）爲主盟，宋詩之風大盛，詆排唐詩，以爲不堅硬挺鍊，不足爲宋詩也，其時作者林立。確有佳者，新建夏劍丞丈敬觀，其巨擘也，劍丈爲詩清靈密緻。不甚用生硬冷僻字，自然有其神致，於宛陵致力尤深，五古尤勝。雖似不甚經意，而費力至鉅，蓋其積養深而功力邃也。余於民國二十七年自漢上奉父返滬，僦居同孚路，同邑瞿良士太姻丈，每約先君往茗坐論書畫，劍老時至，恒與楊无恙先生等談論詩法，余陪坐而已，渡海來臺，始得《丈忍古樓詩續》一小册而諷誦之，六十一年中華書局將其《忍古樓詩》《吷盦詞》兩種合刊，始得盡窺全豹，丈詩自以五古及七絕爲最勝，七律亦深具工力，七古則玲瓏秀雅，別具風格。有人問以何以主東野宣城，丈曰人謂郊詩蹇澀窮僻，琢削不暇，不知蹇澀可以醫淺，琢削可以祛俗，率爾著筆與苦吟成章，其詩迥然不同，郊詩可貴在此，昌黎所以盛推者亦在此，論宛陵則舉其自道語，凡爲詩必須狀難寫之景，如在目前。含不盡之意，見於言外，乃能爲至。又云聖俞作詩方法，能將熟意鍊生，生意鍊熟，熟辭熟調皆如此，就描摹言，人用正面，彼則用反面，他人習用反面，彼則正面，凡人慣用以表現之辭，彼必不用，反之則用，又能羅列甚多煩瑣之意，貫串成文，使人讀之覺其妙，而不厭其雜，皆沉思苦吟之效也。其論詩法之深刻如此，玆就其全集中，擇錄若干於後，俾共賞焉。

海門

霜餘霽色晝排扉，海氣旋看澹落暉。田秫乍收官足酒，野棉初課吏裝衣。魚隨江網番番白，雁逐潮船一一飛。真念陸沉能再起，生桑曾見摘還稀。

懷陳伯嚴

雨餘鐘鼓過秋波，袖手憑樓晚更悲。一楫渡江才不易，萬戈迴日世庸知。冶城煙炭誰親突，吳下琴書喜可師。試看磨磚成鏡處，已慚慧業比公遲。

海門廳治西城隍廟東挺玉蘭一株高出牆屋殆百餘年物也。

神觀氤氳鎖秘辛，此花高出在東牆。不須木筆爭先後，肯與山茶論短長。素蕊寫天千佛說，白英飄瓦萬蓮香。一枝折得勞供養，活水春瓶恰灌將。

晚秋口占

晚秋酷似暮春時，亂葉繁霜合自飛。向暖向寒渾不覺，秋衫淚重即春衣。

對月

玉繩百萬丈，穿貫一珠月。下照今古人，涼焰蓄肌骨。人言嫦娥宮，下有玉兔窟。吳剛倚不眠，桂樹香自乏。今看石與水，盤中作凹凸。證以目所見，所聞皆可咄。幸硎心發光，不然眼生核，魂曾天所與，屏夢夜兀兀。散置宇宙間，馳走不休歇。醒厭羅幃密，踏步除鍵槊。嚼嘸片地影，聊以解吾渴。

趙香圃招飲雨花臺下劉氏園

城南招手對江花，城北人來日已斜。山霧過牆秋屋雨，石泉噴露夜瓶茶。荒原舊見千盤馬，喬木今眠萬點鴉。樺燭兩行催客去，隱聞高壘動悲笳。

由金陵至滬舟中晚眺

舟窗嚥晚曛，攝取澄江景。秋岸青一髮，紅帆白檣逞。收作尺幅畫，中有千聲迴。漁嫗鸕鷀噤，遷士鷗鷺冷。旅客鴻雁叫，詩人鸛鶴警。赤日入黑地，暮色寒杳溟。外照一明鏡，內照一靈境。照我萬古心，毋使內生癭。

秋感二章投伯嚴

蟲聲忽到枕，病翼早驚寒，一尺眼前月。萬重心上灘，已知吾道屈。真擬不觀完，且挹盈盈露，泠然瀉肺肝。

叢芳別春客，落木效殘人，空餘向牆壁。一字一酸呻，惘惘尋東魯。蕭蕭對北辰，從君葆天魄，何用廟堂珍。

夕望

鶴翼沖天蟬響沉，望中蒼莽海雲深。東林影護西林腳，刻畫樓臺半壁陰。

贈梁節庵

掀髯岸幘此東坡，風義規人有不磨。一疏舉朝驚折檻，劇談當座等懸河。江湖數面成瓜葛，鸞鵠高蹤笑網羅。北望修門秋色裏，閉關誰識病維摩。

龍華寺看桃花

看花須趁未開殘，更要成林色始丹。清坐一回銷宿醉，沉吟幾度近雕欄。攢雲護幕層層見，夾路成蹊故故寬。便待寺門人散盡，直教燈火照歸鞍。

游西湖理安寺經十八澗還至湖上

濕翠生光曉放暾，屐行幽谷草聲喧。野棠娛客春殘路，山鳥呼人雨後村。乍歷九溪追白足，送歸五澗已黃昏。風窗不悟深明旨，那許楠寮老鈍根。

青島

島樹秋生夕照多，蓬山相對鬥嵯峨。十年風物成殊國，三疊樓臺壓巨波。薄醉不應憎魯酒，中宵還自起夷歌，繁燈照水如星漢，漫約仙童與戲嫦。

渡海

衝風忽南歸，海氣醭布袍。秋事不可測，星斗夜呼號。前浪復後浪，孰與量低高。人事有起伏，渡者覺其勞。出門二十日，還家語兒曹。昏昏一晝夜，譬如飲醇醪。飲量倘弗勝，不敢顧酒槽。

疊韻再示真長

江色微黃酒可春，江樓殘日激流塵。坐餘雲物驚雙眼，瞥見燈衢走萬人。瑣瑣商量衣食住，勞勞贈答影形神。此生便擬安蓬累，回首須臾一粟身。

重至蘇州夜宿滬尹聽楓園賦呈一律並簡大鶴

閶門柳色景淒清，夢逐吳鴻復此行。秋去隔年循短巷，市荒入夜似山城。幾人白袷能終臥，二老黃巾了不驚。還向萬蟲聲裏坐，薄雲潮擁月微明。

貞長襄庭栗長伯蓀應伯同登北固山甘露寺四次前韻

破空笳吹咽雲涼，劫火燒餘楚字香。僧榻已無容客處，佛堂還見點兵忙。江天落日成孤注，淮泗狂流各一方。扶掖危欄同故子，眼隨殘雁墮蒼茫。

春寒

祇覺春寒無盡期，連朝愁雨損花枝。玉人肌骨如花瘦，不信東風與汝宜。

芍葉始開

小園日日落紅疎，誰向枝頭惜所餘。殘酒扶頭春去後，行雲無跡夢回初。塵沙色裏番番變，蜂蝶喧中寂寂居。咫尺玉蘭容徙倚，莫收閒恨到庭除。

和王荊公古詩共二十八首錄八首

春從沙磧底，所向無南北。挾抱黃蜂來，百花不能勒。潛雷破腹出，一響蟬奮翼。青天雨初斷，昆蟲已交織。阿婆嗔浪語，老醜尚妝飾。單衣往追春，去路苦無極。東風論才性，聖處即爲賊。傷蕪以窮年，荒荒九州色。

晨興望南山，天光未臨扉。左海如側鏡，仰照煙霏霏。夸父果著力，波瀾起朝暉。蛙黽收鼓吹，殘星遁安歸。魔魘貪夢長，不肯開睡幃。猶道是夜半，人言宜曉非。

黃菊有至性，欲使秋氣仁。淒淒霜露中，作花彌苦辛。昊天豈嗜殺，不殺非愛人。

西風操利劍，努力誅荊榛。但當存嘉植，以待萬物新。
秋枝如殘人，衰老誰挂口。萬蟲號病葉，兀兀戴星斗。燥吻炊枯薪，著火灰八九。
相憐爨下物，日掃勞敝帚。
散髮一扁舟，東浮入滄海。海大無還期，去矣不可悔。秋星露舷底，古有珠百琲。
好勇如仲由，從之三千載。
道人北山來，知我南山邇。問我去城中，二山孰爲遠。引去看北山，幽曲度層巘。
老松生琥珀，修竹連坡坂。吾山雖可居，種樹恨已晚。留汝松竹下，信宿不思返。
秋庭午吏散，靜坐對水木。當時愛蘇州，久住欠小築。文辭與人共，所有不予獨。
賸將詩數篇，與刻東城竹。父兄莫勤問，別去頭已禿。
我欲往滄海，因之上崔嵬。海門不能曲，百川沄沄來。下不見桑田，良禾何處栽。
不與地爭水，龍伯猶相猜。而況袖中手，決非屠龍才。

南歸十九日仍北行

天色微能辨雁行，河鐙收焰隔重岡。載人北去車難駐，換歲身經思更荒。不見淮波
春渺渺，衹愁岱嶽夜茫茫。往來共此三千路，客意無端異短長。

崇效寺牡丹

五色架羅綺，翻階愁且妍。自是有情種，得生兜率天。鼓鐘日殷地，春風還放顛。酒香出僧屋，客來泛觥船。幾日斷唄唱，不惜戶限穿。豐頤易銷滅，盛妝良偶然。俗眼極富麗，卸去滋可憐。客莫歎空枝，俄頃即百年。百年花百開，歲一近花前。

戲和真長食紫葡萄

玉椀葡萄勝醱醅，座中持照夜光杯。休將鳥嘴落前認，除是蜂脾割得來。凝露乍垂頳的的，霏霜未褪白皚皚。訝君暗擬佳人乳，漫欲量珠換取回。

獨坐法源寺丁香花下

重來佛堂下，猛覺春易空。去年丁香花，正復今日同。濃紫間深白，散纈煙露叢。恍入薝蔔林，噀鼻香濛濛。獨坐須斷念，廿載一瞬中。人生長若斯，積日老成翁。靜扃僧房偏，啄木響廊東。頭陀似瞌睡，不問樹間蟲。

南歸二絕句

后士風花俄已刪，奔車過盡路旁山。平林又斷長淮色，不覺江南一夕還。

舊愛江南便久居，買田陽羨願終虛。一廛不復饒林木，空讀東家種樹書。

公園散歸

零露未白花葳蕤，鉤月下墮星參差。佩環散盡宮路曲，薄袂佇立涼侵肌。綺城秋早人不覺，金風暗動千年枝。幽單客枕怯歸臥，蟋蟀正爾親羅帷。

蘇文忠祠白梅

孔雀舖尾鶴頸曲，蒼苔爲鱗滿身綠。東風入枝意何猛，一樹垂垂粲如玉。越姬傾腰回舞袖，白練仙衣羅帶束。不施柱杖恐壓翻，使在庭間殊局促。徘徊堂下未忍去，直到黃昏清賞足。植花定是建祠人，四百餘年如轉燭。

病起初步園中

熟寐未終宵，起視已平旦。扶杖步吾庭，病除身苦倦。初陽射宿雨，林葉當微炫。柯條密交加，樹雜莫分辨。蟲網既未收，枯枝常觸面。頗似失主園，閉置廢籬援。無人與芟刪，生事日蕪亂。

楊旡恙顧公雄寫祭詩園見贈胡汀鷺補竹商笙伯補松枝山茶賦此謝之

四子丹青寵我詩，未須芳醴佇花甆。也教一祭酬終歲，卻染初春上故枝。敢詡張軍有阿買，可堪埋硯著癡兒。此身起倒量筋力，白首猶能不告疲。

李拔可同年折贈牡丹二枝，謂係昔由吾園移植者不可無詩，余病後怯事吟詠，來書強使屬和次韻賦一律

掀帷潦草掃花風，几案飄零步砌同。折取兩枝今贈我，移培數本昔煩翁。試看庭院家家換，將見園林處處空。猶有賸春容到眼，詩心於此未云窮。

先生之詩，計《忍古樓詩》十五卷，《忍古樓詩．續》四卷，五十年前卓然大家，而晚年七律句法神似荊公，惜篇章過富，無從盡錄，翻閱一過，如入琳宮寶闕，而不知所擇焉，所錄各詩仍以中年者多，晚年較少，篇幅所限，亦憾事也。

范肯堂先生詩

余年二十餘時，居上海，丹徒吳眉孫師庠，曾以木刻范伯子詩四冊，鄭重贈余，且曰，子學詩，宜學范先生，勿爲一覽無餘，或風花綺靡之作也，余敬諾，而實不知范先生詩之佳處也，范先生詩黝然無光，但精華內斂，妙處實不易率爾知之。抗戰時與先師楊雲史先生同住香港，師曾告余昔年與范先生晉接之狀，及所論作詩之法，蓋范先生詩于經史植基深厚，故雖平凡之語，亦用字不同，詩雖不爲雕飾，而其句法奧衍，迴環曲折。著力處如拗鋼鐵，密栗處如琢古玉，且不假一二詞藻，以增其色彩，亦不故作倔強，以示堅挺。總之純任自然，寫其心中之意，毫無斧鑿，天成蒼勁之姿。即令老杜東坡，誦之亦當斂手。觀其集中與張季直朱曼君舟中聯句倒押五物全韻，即可覘其工力。無慚昌黎之石鼎詩也，詩人曾履川先生曾於《幼獅學誌》發表〈論范伯子詩〉一文，於范先生之生平，及學問獨到之處，敘述甚詳，並編印《通州范氏十二世詩略》亦可爲先生之知己矣。履川先生在論〈范伯子詩〉一文中，所介范先生詩以古詩爲多，確多精妙，余從全集（近年黎玉璽將軍所重印）中摘錄古近作詩若干首，以介當代，一嘗太羹玄酒也。

雜感用臨川集每詩之題句以窮吾興端九首錄六

春從沙磧底，氾濫神州中。一風萬竅足，一雨千林紅。陂陁織紈綺，雀鳥爲笙鏞。吾觀上下際，託物爲纖洪。乘時借春力，一一收奇功。人爲萬物主，名大實不崇。牢自爲生活，不與造化通。冥情對生理，掩耳過春風。誰能撫其體，琢冶施天工。古來聖人智，智必師凡蟲。聞譽遍天下，吾方自責躬。

晨興望南山，山陰雪猶縞。道左逢砂山，黃黃無寸草。晚泊羣山間，蒼然氣迴抱。茲皆非吾山，何必問醜好。吾山天南東，左海所淵浩。一去新綠軒，悠悠十年老。

少年見青春，窮力追侈驩。中年見青春，獨爲故人歎。誰念新驩易，誰畏新驩難。新驩若大道，駿馬被雕鞍。操之慎毋躓，萬里亦能殫。故驩似巒嶺，曲折千迴盤。異時所經歷，往往摧心肝。嗚乎諒今昔，孰知余所安。

散髮一扁舟，飽讀相如傳。亮哉漢代師，斯人尤可戀。堂堂六經旨，語貌壹已變。妙設不可機，待彼帝自轉。耿此剛直腸，而帝特驩忭。遲君十年死，漢豈有封禪。將令漢不文，君亦無由見。

今日非昨日，昨即萬古前。來日非今日，來即無窮年。來日吾寧在，昨日何存焉。

道人通大化，惟此乃悁悁。日日有俛仰，諦觀而後遷。可知山日永，曷怪山花妍。

成婚有日，內子為詩三十韻以道其相與為善之意與其迫欲事舅姑之忱，余亦作三十韻答之

吾昔山中年，恐懼畏人識。一詩落人間，遂爲吳公得。苦作珍奇收，過求美珠匹。輾轉歸丈人，逃藏更無術。丈人氣淵淵，諸郎氣英特。或戰或養之，吾意固低抑。誰令吾子來，咄咄更相逼。房有刀劍光，入我常懍慄。雖然憚爾才，豈不戀爾德。惜此蘭蕙芳，不得在親側。吾親天下慈，作婦百無值。身御必蕭條，好婦美衣食。獨恥家庭間，一體晝數域。曩人非有奇，覽此將身克。遂得親堂驩，死去立爲則。吾寧誓獨深，滋恐後來忒。苟合豈不危，吾忍將卿失。丈夫貞則凶，物理靜而吉。極冬放春回，冥靈始得茁。驩言告吾親，不復慙其筆。子有懷歸忱，能使我心惻。兩盡無公私，在處必愛日。吾親日中昃，子日在西北。不得事尊章，宜盡子孫職。古人君父間，隨分蓋無慝。子有翺翔詩，我無奮飛翼。明星爛在天，鳧雁不可弋。與子今偕潛，靜言撫琴瑟。琴瑟鳴愔愔，寒水流汩汩。服芬亦爲君，與子花間逸。

黃泥山讀書

儒者稱名山，山以儒名耳。荒山與窮儒，千載諒不毀。早入名山中，其人可知矣。狼山非不高，名盛吾所恥。藹藹新綠軒，相望只數里。喧寂異仙凡，金焦尚難擬。南疆萬車馬，西去無一趾。山門到者稀，軒堂復誰履。矗石牽雜花，迷離夾松梓。秘絕通嶺扉，輾轉達軒址。而我於其間，灑掃布牀几。塞竇斷來蹤，穿牆發遠視。春深地不寬，世亂心長已。惟珍病後軀，自惜閒中晷。蔬飯充饑腸，呼魚那可指。追維是時樂，真實亦無侈。誰令襆被歸，長作遠游子。

至父先生以李伯夫人歸櫬問應來會否就吾決行止走筆得詩二十二韻

鄉人問吏胥，吾須到官否。檀越問比邱，佛會吾行止。茲皆愚者徒，欲行即行耳。不問猶見招，問有放手理。天津寓廬旁，擾擾已成市。百喧有一寂，拂拭待公趾。畿南大霖雨，水深沒車軌。放舟可徜徉，載筆亦能使。我有一卷詩，手寫十七紙。烏文在繡欄，公來下丹紫。到日一嬉驩，勝遺百端綺。慎毋廣諮諏，坐令生彼此。四十五十人，住世兩三紀。誰能老不歸，分半在客裏。再分客中半，歲時得相倚。算來無十遭，更忍吝行李。不見濂亭翁，釋手亦已弛。關塞莽空闊，誰能問生死。皤皤吾婦翁，前月望子矣。有瓜有南魚，命女畜以俟。相公願人勤，報去無不喜。還辭到公前，但有一聲唯。

感春三首 錄一

退之巖巖作餘事，有春不賞悲春氣。杜甫遭春必賞春，句間定作傷心人。我與春情亦何澹，臥病頹然一無感。不有當門數樹花，春光來去焉知覽。桃正花時已半僵，梨花皎白精神強。花枝盡吐葉不吐，哀哀幾日俱淪喪。民生各有眼前樂，驩然一覩輕王侯。吾雖賤士骨不醜，攬鏡自然殊堂堂。割居天地弗盈畝，撫有嘉木非成行。對此驩娛竟摧死，能無激烈動肝腸。

疊韻述懷示蘊素

日在朱門鑽故紙，童牛角馬知何似。王楊豈有黃金鑪，閉戶真能對妻子。西風八月天將寒，桂樹飄香徧萬山。我亦好生而惡殺，處夫材與不材間。

與同學者共祀興化劉先生於龍門書院哀感成詩

城郭三年別，門牆一慟深。池荷還炫日，堤柳尚成陰。遊從齋房減，埃塵講幄侵。黯然值諸子，相對忽沾襟。

親炙無多日，師恩自覺偏。來時先目斷，歸路更心懸。待對空山榻，長休大海船。
豈知臨別語，遺恨已千年。
跋涉師憐我，連年更未休。風塵徒不肖，悲憤已堪羞。獨夜一回首，當春那得秋。
嗟哉覽茲宇，麟鳳去悠悠。
俎豆今來意，諸君與慕思。師亡胡可倍，道大固應歧。白石猶能禱，狂瀾未可知。
蒼茫千載事，流涕向崇祠。

寓廬雜遣十二首次外舅糈臺雜遣韻以示恪士 錄六

辛苦三年枘，垂垂欲向圓。妻孥猶菜色，賓客更何門。絮影風相定，荷聲雨自喧。
低徊正無事，生理日軒軒。
太息幸餘老，低棲在此間。微吟送日好，志境用才閑。舊養悲花縣，遺忠託岵山。
幸翁君不見，報國淚潸潸。
一生長自廢，莫應老親懷。贅壻真無賴，眥郎若有階。談知天道大，夢想故園佳。
可歎玄邱逝，淒涼范氏街。
文字銷憂耳，由來古不償。尋常分貴賤，斯事與低昂。積架五千首，傳杯十萬場。

朽餘甯復起，數典未能忘。
珠桂長安似，兼之酒價高，傾家已無賸，結客那能豪。好語咨奴輩，忠心望汝曹。
主人方嫁女，賣犬莫辭勞。
徹骨知無用，惟堪細詠同。傷心鼙鼓外，縮手地天中。長落六時水，雌雄二等風。
不爭將酒待，回首陣雲空。

留別新綠軒

籃輿側放山門下，我作山人盡一餐。芳樹如聞啼鳥怨，殘花猶戀去人看。百年香火
崇碑在，四海煙濤一劍寒。莫復殷勤爲後約，還山古有萬千難。

晚涼置酒坐諸君堂下即席賦詩

使君爲月我爲星，卻爲諸君放晚晴。祇可談天説瀛海，不須想帝夢瑤京。眼前瓜果
新離土，腳下蓬蒿半擁城。問客爾從繁會至，箏琶何似席間清。

贈謇博

爛爛青鐙夜漸涼，傍搜遠紹緒茫茫。爨奴莫問明朝米，詩婦來窺萬古藏。世上膏腴誰得失，眼中人代有興亡。淵哉若共揚雄志，再與侯芭醉萬場。

贈仲實

正欲通辭託素波，其如面對九疑何。寧知一日天懷轉，始信三生福慧多。合配水仙遲薦菊，不羞山鬼老披蘿。錦衣貼月還多事，只許秋來散髮歌。

次韻答姚錫九

莫道鵷鸞不可因，悲來王粲祇登樓。一番離合情如昨，四十飛驅鬢已秋。浮海妻拏閒處著，望雲親舍夢中游。因風正憶弦歌宰，宦況年來勝我不。

羅得飛鳧入市迎，當筵更試劃雞箏。長年製錦成何用，一賦淩雲始有情。結蜃樓臺塵霧滿，啼鴉桑柘暮天清。詩來發媿蓮花底，不及春潮野渡聲。

次韻恪士並懷至父先生四首錄二

世事又隨春草換，隔年還是腐儒心。為周有此迢迢夢，不禹何須寸寸陰。倚壁半檠孤照在，當門一雨九河深。正令曉入平津閣，只向青天耐苦吟。

昨夜四星芒角動，喬星亦自互天懸。瘦童羸馬吾衰矣，服斗當箕事偶然。供缺衹堪煨莧繼，倦來經欲啖榆眠。驚心穀帝龍飛日，坐嘯承平已卅年。

香濤尚書將移鎮湖廣再呈兩首

詔以尚書還治楚，細民垂泣欲攀轅。帝將雨澤無分土，臣懼風波有閉門。近海倘移杯水活，極天終讓一山尊。韓書三上吾能恥，華髮淒其不可言。

文章自昔爭微尚，顏色於今一試看。那便驚心到毀譽，可堪合眼露饑寒。龍非碌碌諸公好，鶴有飛飛八海寬。正苦低回惜同命，斷無長鋏向君彈。

果然

一紙相看事果然，朝娛盱哭到窮年。游絲忽落三千丈，錦瑟真成五十絃。老寡可憐垂涕晚，人僚應記受恩偏。愚生衹把春王筆，載自堯天入舜天。

故城寄示同里諸子

吳歌楚舞積年陳，趙至齊來逐日新。昨日停車鄒魯地，不曾窺見酒鑪人。
大淮以北氣蕭條，泰岱之間復寂寥。見說瀟湘亦枯竭，江流齊赴海門潮。

與義門論詩文久之書二絕句

亦藉英靈葬死灰，憑虛喚得幾聲回。絃歌已落伶人手，豈憶尼山學道來。
最有空詞定樂哀，網羅故實定非才。請看鐙雨檐花句，便值高歌餓死來。

有惜余文後時而人不知者答二絕以盡意

文章匪愛後時成，富貴原如錦夜行。快絕重瞳勘破語，寧惟不捨故鄉情。
何緣富貴鄉人覺，亦若文章黨友知。萬事只餘甘苦在，名聲祿位總無奇。

右先生詩數十首，每體略具一格，全集富如寶藏，佳作不勝錄也。先生之詩，無一語不出之平澹，亦無一語不矯然獨舉，要在讀者能體會之耳。

沈愛蒼先生之濤園詩

沈愛蒼先生爲沈文肅公季子，清光緒乙酉舉人，官至貴州巡撫。侯官甌香許氏廣園，有松數百年物，故以濤園名，愛蒼先生以錢二百四十萬買爲文肅公祠，遂以濤園自號。嘉興沈寐叟曾植敘濤園詩，以爲「濤園之詩，要當合其無韻之文字，平生議論簡牘雜文，參伍錯綜，互相證，交相發。而后意匠可經營，所謂居要而警策，所謂詞高而意遠，乃視而可識。又云：近人言同光派閩才獨盛，假有張爲圖者，太夷爲清奇僻苦主，君爲博解宏放主，入室誰，及門幾人。君當時意氣遒上，頗自任，猶若有不足者然。晚歲歸自黔中，病後氣益平，默默尠歡矣。」濤園晚年居海上，迭主詩盟。其詩別開畦徑，與爲宋詩者不同。運用蘇詩左傳語，出神入化，亦一時壇坫也。《濤園集》余有一册。民國癸巳，先生子崑三先生成式重印于香港，以贈錢新之丈者，亦復廿載矣。秋宵檢讀，因錄其詩。

望月憶去年此夜京寓飲歸信步天橋愴然有懷

籌筆朝衣晨點露，登臺雲物夜占星。從知供奉如天上，只許更番直漢庭。萬里鹽官定偃蹇，十年郎署況伶俜。觚棱金爵情何極，宣室蒼生感欲并。

粵客饋鹹魚馮庵為之健飯感賦一首

邇來鮭菜通千里，自隔關梁直萬錢。海物每思下鹽豉，豬肝遠累致腥鱻。嗜痂有客亦成癖，逐臭之夫誰與憐。番舶不來交阯罷，從教每飯意難蠲。

齒蛀示馮庵

自笑平生咀嚼忙，屠門未快敝先剛。驕人往日如編貝，刺舌而今重作芒。世味飽諳忘苦楚，詞鋒漸鈍覺冰涼。相煎相鍛知何極，欲向先生乞禁方。

留　行

遼海歸來歎止戈，君臣莫便等閒過。殷憂宵旰勤勞甚，征繕甲兵輯睦多。善飯廉頗鞍可據，向師蹇叔髮空皤。留行齋宿原無取，累疏當如手詔何。

哀餘皇

魚龍熱海果何堪，天醉人家夢自酣。愁絕當時庾開府，聲聲盲左咽江南。

濤園

故山有賜祠，厥初名濤園。二百四十萬，買價具券言。許氏作別墅，遺民留清門。甌香擅風雅，文采光子孫。松嶺緣細路，半泉流其根。竹垞刻石在，櫟園贈句存。金石富北宋，般若碑獨蹲。相度孟夫子，考工高墉垣。劉段助全錢，（蘭州觀察培源都轉）此意矢弗諼。吾母附信州，天語今猶溫。同德百世祀，故鄉例可援。名臣與名士，異代聯淵源。爰拓東偏樓，香火棲詩魂。（祀甌香先生）相得此益彰，千載寧爭墩。龍吟有獨樹，手植茲益蕃。孫枝看出林，書聲開西軒。纍纍荔子實，宦夢忽驚翻。周遭二三里，猿啼與鶴怨。船官有子弟，春社陳蘋蘩。而我獨棲遲，花期負上番。三碑煌煌峙，不朽真殊恩。任子誠戀棧，何當酬至尊。

南皮張文達公挽詞

在昔得君説吳縣，如今代謝數南皮。一時風度求難得，卅載師承伏可思。聖主臨軒愴鼙鼓，南齋進奉冷書帷，浮雲寂莫千秋事，自信丹青不朽期。公小品山水爲近代所無

春後梅花

歲暮外省官餽京僚度歲，資隱其名曰梅花詩若干韻此舊事也。

最是長安羅雀門，殷勤春後惜孤根。江南百韻詩重疊，我爲梅花一斷魂。

八月二十四日與山妻午飯馮庵以桂花見贈媵以吉語，時兩家兒子省試未歸也

四首錄二

風信家山路尚歧，菊花香裏欲霜期。故人好語勤相慰，客底平分桂一枝。

橫秋故作老龍吟，月下孫枝已出林。怕誦黃榆綠槐句，杏花消息夢魂深。

買山

歸鴻影落菊花天，嬾著單衣向酒邊。爽氣西山拄頤笏，故人南郡索碑錢。臨池居士

晨慵課，說夢癡兒夜不眠。只合登床作豪語，買山約在得官前。

題崦樓詞卷

婚嫁願粗了，吾欲老邱樊。志業既不遂，矧乃眾論喧。勞生眤兒女，息影求田園。邂逅記當時，年少王公孫。詞女得所適，食貧宜清門。名聲忌藉甚，論詩耽鈍根。書叢恣瞑想，置筆窮溷藩。一朝忽舍去，肝膽奉至尊。論思任親切，旬日看翔鵷。士論謂庇主，子弄疑推袁。諸侯誣莨叔，太學訟陳蕃。成仁他弗恤，羣吠安是論。詩卷留天地，千秋晚翠軒。勁節耐冰雪，忠魂依天閽。崦枝絕妙詞，合校聲暗吞。酬子瞰名意，空舲啼哀猨。須臾忍性命，待子理覆盆。抑情更感逝，腹痛能無言。鍾山那子翁，晚歲彌溫存。結構決明年，突兀懸江村。老夫謀少憩，精衛方銜寃。

書韓公示兒詩後

一時著錄盛貞元，名輩通家張與樊。晛轡踉蹌知瑟僩，傳家典故失金根。詎同杜老思宗武，猶爲鄴侯惜李繁。短日每多門戶計，韓公世事不堪論。

瀟湘歌者十年前曾以度曲乞書忍公席中重見殆難為懷書示紫泉剛侯

千金一曲對揮毫，江上峰青雁影高。舊事已成廣陵散，新聲猶愛鬱輪袍。帝京景物君須識，海國才名我欲逃。忍淚不勝人事感，篋中別緡字如毛。舊唐書王摩詰有別緡書

百步廊邀墨園伯嚴同作

十笏官園百步廊，匝月木石虛平章。蘆簾棐几閟清晝，磨詩削牘嫌相妨。逍遙散步苦無和，起予千里來陳黃。瓣香共祝滄趣老，江海弟子遙相望。我生慣作合并想，插架猶使聯雁行。能事相逢況並世，前除置酒須盡觴。湖海樓高據白戰，高挹廬阜俯甘棠。邇來悲歌滿燕市，書生呫嗶韜光芒。浮屠三宿有餘戀，名山一席誇誰強。眼前儘作蒼茫勢，起伏蒼翠盈巒岡。得月較遲卻宜雨，更有蕉竹生夏涼。棋聲書聲晚相答，入夜嗚瓦聽浪浪。

百花洲樓成贈伯嚴

魚鱗萬竈俯蘋洲，突兀人間百尺樓。懸榻有心孰冠冕，撰碑無媿已山邱。談笥叟事欲東

欒伯終吾帥，豪舉平原豈北游。賦罷青蠅退無悶，料量詩卷載清秋。

題蘇戡海藏樓圖卷

叢梅壓檐頂，下有打頭屋。煦園（金陵節署園名）罷庭趨，與子相間讀。一去逾廿稔，幕府勞案牘。囊插枇杷根，倏見盧橘熟。小試典孤軍，荐歷儕方牧。興亡忽轉眼，海上斯歌哭。聚孥暫棲止，望衡匪休沐。經營當盛時，好事收尺幅。海藏與濤園，變遷何太速。早知有陸沈，無計殉溝瀆。詩卷非嗷名，留題付卷軸。清夜夢衙齋，沈痛驚尊宿。茂先（南皮尚書）詡博雅，羅致枉標目。賦就哀江南，熱淚向誰掬。縱有變雅作，無救百里蹙。故山無一椽，健步移林麓。衝寒一枝亞，彷彿暗香復。祭竈更祭詩，殘臘懷舊俗。

和樊山得孫女識喜原韻即以奉賀

詩翁掃雪與烹茶，風味何曾似黨家。黃絹好辭憐少女，青門客館有宮娃。再傳鍾氣應無匹，先兆充閭亦大家。賓客飽諳湯餅會，折枝唐突玉臺花。

同橘叟江亭看雪兼柬陶齋默園

西山寒色侵窗櫺，覷眼浩浩重關扃。並載聳肩衝凍出，尖叉冷峭誰當聽。舊題年月暗塵壁，劫後好事如晨星。昨者旌旆照原隰，珠襦玉匣藏神靈。彤帷雨淚灑陽燠，光景似塞銜悲人。痛定傴僂撥灰話，過市對酌傾空瓶。二客後至赴盛集，遙想宣勸杯無停。禁體號令嚴白戰，主人擁被君當醒。當時入地報分寸，關心豐歉煩明廷。夢寐恍惚那忍說，瑞應屏絕還講經。高寒天上試回望，玉戲切莫忘江亭。侔色揣稱隔梅訊，故鄉花事談伶傳。

和樊山落花詩

唐宮百五過韶光，惆悵江南讓國王。天子郎當思李白，相公忠厚進姚黃。池塘明日都成綠，風信前番太放狂。凝碧管絃供頓盡，可無天寶貴人裝。牡丹。

櫻花似較海棠嬌，繆種流傳遠祖祧。佛國沾泥禪悅絮，蜀宮花蕊玉奴簫。錦官紅濕詩無著，閣道春殘酒可澆。牖戶未安脣齒冷，東山風雨怨漂搖。海棠。

醉夢瞢騰喚不回，東風啼鳥復歸來。早驚葉底灘簧滑，應悔堂前羯鼓催。故妓曾陪儀鳳館，王孫重上躍龍臺。劉郎也作人間客，燕麥菟葵次第開。桃花。

繁華垂谷散如煙，老幹無心閱百年。樹上支離供點綴，人間瓜蔓肯株連。當時不枉凌霄志，晚節猶憑託地堅。早識半空風色緊，不應攜汝去參天。藤蘿。

由戒壇至潭柘得六絕句

重樓複院費搜尋，小試山行本不深。一枕思量無限事，滿山風雨作龍吟。

金光示夢託幽州，儒佛平分願力周。別緡答書各精絕，太平相國擅風流。讀朱文正爲兄石君資福碑記

前身合是此山僧，醇酒婦人病未能。晚照詩篇傳集錦，兩朝涕淚在金縢。

集中草木記南方，入洛叨陪榆柳行。昔笑支離今亦叟，爲君哦句向真堂。僧房有張文襄像

連理中分事可知，一時附會亦傳疑。神孫隆準多駢脅，強幹何因有弱枝。

松陰中著一亭閒，捫腹逍遙散步還。五月行人不知暑，拖棉帶夾聽潺湲。

八月十七日海寧觀潮歸途示吳鑑泉李伯行季皋昆仲

沌渾奔騰來萬馬，吞吐乾坤刷黿豬。奮武振怒起無端，倒行逆施誰似者。遲明空巷赴歡會，平地跳丸勢猶下。穿城準備到亭午，未及錢塘且謀野。飛潛身手古所無，請謝江神酬海若。儘言此地足王氣，任使披猖天實假。有憤莫止越甲鳴，有酒誰向青天把。

鏐王衣錦已無軍，枚速賦才孰與寫。回車更攝雨後展，餘響并入月中瀉。延陵太原老骯髒，故國無術完解瓦。跨海豪氣尚談兵，梁園吏才亦聊且。好儲詩興待重來，明日大觀我寧捨。

和天遺見懷原韻簡公和

蓬轉東南窟山水，人生那得長如此。官齋賓客盛當時，白首歸來餘二美。風流頓歇耐尋思，及門追懷進未止。料理西山致爽氣，坐嘯南樓思老子。有感君兼念存歿，不癡我爲雜悲喜。青春已結杜陵伴，白衣誰餉柴桑里。不爲豬肝累邑人，肯馴龍性償食指。一時朋輩偶見推，百年叢殘誰與理。石城使君誠自惜，博物君子夙所耳。孑遺吾道得干城，觸目橫流見清泚。閏集編皆署義熙，漫興音猶追正始。門捷廣坐傳觀弖，斂才幽齋鞭辟裏。正字何當索閉門，蘭成未用憂暮齒。不堪持贈景和形，一味舍藏吾與爾。

右選錄先生集中諸作，各體皆備。然先生之作，以七言古詩五言古詩爲多，近體似非所措意者也。七古爲長江大河，健句時時而有，雖學東坡而仍較東坡爲謹嚴。而使事琢句尤極古茂，雖海日翁稱爲博解宏放主，其精勁處似亦不少也。

謝覲虞之玉岑遺稿

余弱冠時，江南以文采著名者，有嘉興王遽常瑗仲，常熟錢蕚孫仲聯，永嘉夏承燾臞禪，武進謝覲虞玉岑多人，一時稱盛。而玉岑兼精書法寫大篆尤著名，間亦作畫，清秀拔俗。與張大千先生交尤摯，集中爲大千所作詩，佔三分之一，其交誼可知矣。玉岑爲錢名山先生之長婿，又家世劬學，故弱冠時即已蜚聲藝苑。惜彼時青年多患瘵疾，每多羸弱。余曾見之於上海，容顏慘澹，瘦骨嶙峋，惟聰慧絕人，遠非余之鈍根所及。其夫人先逝，玉岑遂改署孤鸞，作悼亡詩詞不少，皆哀感頑豔，淒楚動人。多年以來，求其遺稿不得，每爲悵然。頃友人假得程滄波先生所藏昔年王曼士編印之《玉岑遺稿》一册，重付影本，得以流傳，披覽之餘，輒介其詩若干章於后。

南下次金陵

憔悴京華若個知，忽收古淚又南馳。重尋賸水殘山地，已負橙黃橘綠時。鼻底塵清知里近，道旁帔薄悔歸遲。風流早識無人重，多事輕吟述德詩。

戲書拙作駢語

閉戶年來氣未舒，鵬飛何日展天衢。據鞍草檄平生意，愧殺書窗獺祭魚。

為石渠作山水便面並題

芙蓉萬朵在胸間，一任浮雲自往還。把臂他年林壑去，憑君認取謝家山。

密　語

密語殷勤到夜闌，芙蓉顏色怯春寒。十年辛苦相思句，贏得雲屏剪燭看。

壬戌重九前一日訪周怡庵丈，吳門同游某遺老園，賦此為別

出門久已拋西堂，此地猶容一夕鳴。衰世衣冠渾土賤，窮途歡笑亦河清。無多佳會憐風雨，有限才名怯送迎。安得從公結鄰住，相過擁鼻作吳聲。

山川我媿何能說，劫後名園此重登。天半駕鵝喧木葉，風前樓閣動觚稜。敢誇倒屣迎王粲，卻喜乘舟共李膺。世亂不堪留後約，搖鞭回首暮雲凝。

郡中同人擅鐵筆者丁君松仍外得馬君允甫喜賦兩贈

六書初啟變蟲魚，繆篆胚胎肇刻符。試問瑯琊驗真乳，少年擲筆上雲衢。
我謂鼎彝具印法，布白揖讓尤高騫。泥金小字倘垂質，崑崙爲溯凡將篇。
漢官鑄印桃秦矩，遞嬗誰能緬二京。江海鏘鏘聚東箭，晚清人物邁朱明。
吾常健腕數老鐵，苦鐵而今更擅場。星宿源頭一川水，數扶虬鳳共翺翔。

虞社消寒雅集和鷗侶韻

憔悴江村又此時，小窗風雪凍絲絲。短梅已見春前蕊，長句猶孤海內知。吳市賣燈人說早，東都埋硯我憐遲。年華九九還須惜，莫漫新亭起遠思。

和曼士桃花落後重游淞園之作

搖碧樓臺柳又絲，半淞明鏡剪春姿。人間別有滄桑事，認錯崔郎感舊時。
淺水濃陰又一時，酒痕紅褪鬢邊枝。匆匆花絮如雲淡，那許宮鶯海燕知。
曾薄微之賦會真，洛川羅襪毀無因。清波重照春虹影，可見桃鬢解向人。

十載癡狂我悔耽，研魚箋鳳太清寒。天花壓亂維摩地，何似枝頭自在看。

溪橋初夏雜詠

晚山濃抹髻螺青，布穀聲幽綺樹聽。自是江鄉足生意，水楊盈尺即娉婷。
乳鴨新黃色最嬌，晚陽如赭下溪橋。柳陰看箳烏犍立，何處好風吹洞簫。
樓外清溪十里餘，銷魂溪水漢雙魚。米鹽瑣瑣家常話，淚濕銀燈索寄書。
薄暮鵝鳧逐水忙，蓼枝菱蔓亂橫塘。野荷空好無人惜，惆悵臨風發晚香。
籐床一架自如如，客散林亭萬籟虛。猶有流螢媚幽獨，綠陰如海照攤書。

永嘉雜詠

江心潮落渡船忙，桃柳攔街舉國狂。康樂祠前修禊約，吾家春草滿池塘。
山田長物薦黃柑，牆外辛夷簇粉團。更喜梅開先嶺上，一枝乞傍鬢邊看。
細雨芳園酒似潮，春裘寒倚此嬌嬈。紅桑早識能三變，多事花叢廣絕交。
雁山仙府何曾到，空號看山住一年。便數清游愧先德，慧根何敢望生天。

聽雨寄海內同人

聽雨幾人共，高樓戍鼓傳。驚心投筆諾，雪涕渡江年。花絮正無賴，溪山殊可憐。閉門陳正字，坐惜老紅顏。

天地忽濃綠，春光入混茫。幽憂幾風雨，沉醉一滄桑。佳日老櫻筍，吾謀愧稻粱。斯文感蕭瑟，還爇一爐香。

和潭秋韻并示丹林

十年貞疾成樗棄，哀樂匆匆盡劫灰。豈有河山化金碧，枉餘名字障風埃。治生人道不龜手，成佛誰當未易才。多謝新詩誇勝境，結廬何日剪蒿萊。

贈佛影

識君初讀君詩好，零落桃花任眼前。少日心期何落寞，近來長句亦雕鐫。相求尚有朱大可聞野鶴早，撰杖誰如衛管妍。君多女弟子滄海也知終滅頂，酒闌容易莫潸然。

集大風堂與大千曼青合作歲寒圖寄臞禪湖上

三日不相見，古人以爲言。吾與臞禪別，奄忽將十年。湖水一葦杭，欲往何遷延。豈無塵事累，乃與病爲緣。猶恐一朝見，少日非華顛。去年海上劫，性命幸苟全。今年歲之暮，北望仍烽煙。蹈海何足惜，失學祇自憐。安得湖上廛，與君共簡編。竹葉斟美醖，梅花躡飛仙。邵妙而唐豪，相惜皆夔蚿。偃仰冰雪懷，揖讓庠序賢。作畫寄此意，息壤從君傳。

自題畫梅扇面

舊恩百計負牛衣，瘦褪眉黃事亦非。誰信夢中環佩悄，凍鮫微月見湘妃。

八月三日紀夢

夢裏啼痕射月闌，醒來猶自苦汍瀾。平生膽怯空房住，腸斷城東渴葬棺。
薄鬢飛蓬尚許親，肯將貧病怨長卿。人間痛哭今無地，片嚮應憐萬劫心。

過龍華黌舍賦示祝雲

平生最愛龍華樹，何事遲來葉盡芟。塵面觀河原易皺，病餘行路益知難。茫茫家國天終墜，寂寂絃歌歲欲闌。漫道埋憂不痛飲，相逢猶喜勸加餐。

題大千仿漸江山水

著屐曾登最上頭，屏風玉蕊看經秋，上人枉有生蓮鉢，彈指輸君小九州。瘞鶴褒斜一葦杭，摩崖天骨獨開張。叢殘市井黃山畫，誰乞君家換骨方。

淞南吊夢圖為陸丹林作

墮夢飄煙跡已陳，畫圖辛苦怨三生。移情海水天風曲，別有叢鈴碎珮聲。

題大千黃山三十六峰

清奇畫派誇黃海，深淺秋山幻錦裙。我憶蓮花似巫峽，幾時神女夢行雲。

題大千山水

江上鱸魚日未斜，北來風色雜霜笳。邊城欲問龍堆雪，悵悵青山紙上遮。
斜陽村道柳毿毿，游俠秋風客興酣。空説太平無惡歲，即今米價賤淮南。
百二秦關劫火餘，越吟辛苦怨江湖。畫圖已入高秋意，鷹隼還能一擊無。

題大千為畫天長地久圖

平生不好貨與色，猶恨書畫每成癖。因貪生愛愛更憐，陶寫哀樂難中年。季公健筆任誅索，醉我河山酒十千。金剛黃山買無價，驅使清湘走八大。尺綃親許剪春波，當日歸帆此中掛。百年真見海揚塵，獨往空惜江湖心。風鬟霧鬢誇絕世，玉簫吹斷紅樓春。還當移櫂入銀漢，乞取天荒地老身。

祝善子五十初度

眼前人物數壇坫，位置誰在羣峰巔。大風叱咤九萬里，梅花壽考一千年。丹青餘技走虎豹，笠屐佳話矜鬚髯。壯遊記送江入海，難兄難弟皆神仙。

玉岑詩凡二卷，詩固不多，除寒之友畫會讀畫絕句二十四首外，其餘錄之過半矣。玉岑詩，有處仍未脫龔定盦範圍，但絕句則頗似厲樊榭之峭拔，真一時能手也。玉岑逝時未到四十，而所成就如此。若天假之年，今日尚在，則其境界，又將高至何種程度，真不可知也。讀玉岑詩，可以冥想昔年江南景物。詩中有虞社雅集一題，即余家鄉詩社。其時余年十六七，主編錢南鐵丈，偶錄余詩，奬掖備至，而小窗短梅，尤是我鄉讀書人家、現成景色，殊可念也。

附錄

溥心畬先生所編靈光集之目錄

心畬先生手編《靈光集》，前文已具述其經過，此書全稿凡十六册，選錄甚嚴，原書現存其家。恐殺青無期，因此書昔年心老曾屬爲校字，經瀏覽一過，且將其目錄抄存，昨檢篋得之。因亟迻錄，刊載如后。

第一册

溥偉　善耆

一　東

童錫笙　童庚釗　嵩塈　熊方燧　馮煦　洪爾振　洪子清　洪維嶽
洪家浉

二　冬

鍾卓林　鍾菁華　龍學泰　封文權　龔心釗

三　江

江春霖

五　微

祁　正　耆　齡

六　魚

余肇康

第二冊

徐乃昌　徐斯異　徐士琛　徐金銘　於尹浩　朱運新　朱汝珍　朱士煥

朱孫芳　朱慶元　胡思敬　吳樹梅

第三冊

吳郁生　吳道鎔　吳慶燾　吳慶坻　吳蔭培　吳學廉　吳國鏞　吳俊卿

吳　熙　吳　鶴　盧兆蓉　蘇若瑚　蘇寶香　蘇志剛　蘇澤東　瞿鴻禨

八　齊

黎承祺　黎湛枝　奎　濂

第四冊

十　灰

梅英杰　雷補桐　崔永安　裴汝欽　裴維侒

十一　真

陳寶琛　陳重慶　陳夔龍　陳懋森　陳邦瑞　陳三立　陳康瑞　陳伯陶

陳雲誥

第五冊

陳曾壽　陳曾則　陳曾矩　陳　毅　陳立樹　秦綬章

十二　文

文　淇　文　悌　文　海　文廷式

十三　元

溫　肅　孫文琨　孫成達　孫德謙　孫迺瑤　孫迺錕

第六冊

袁緒欽　袁堯年　袁大化

十四　寒

端　莊　安維峻　潘飛聲　潘　博

一　先

錢駿祥　錢振鍠　錢同壽　延　清

二　蕭

姚文清　姚文棟　姚明煇　陶紹學　曹元恆　曹福元　曹元弼　曹元忠

曹希燦　曹廣權　曹廣楨

第七冊

四　豪

勞乃宣　勞　健

五歌

羅正鈞　羅振常　羅振玉　阿　麟　柯驊威　何鳳翔　何振岱　何其枚

七陽

楊志濂

第八冊

楊　晨　楊鍾羲　楊覲圭　楊裕芬　楊鼎芬　章　鈺　章　梫　章祖蔭
張鵬一　張其淦　張錫恭　張學華　張之照　張瑞蔭

第九冊

張爾田　張志潛　張英麟　張允方　張鼎貴　王先謙　王秉恩　王仁東
王福曾　王榮商　王　慈　王舟瑤　王以慜　王慶平　王乃徵　王鴻翔
王季烈　王仁溥　王國維　王佩瑤　王清源　王守愚　王景祜　王敬鑄
常介學　方崇義　方啟華　梁秉年

第十冊

梁慶桂　梁廣照　梁鼎芬　梁永恩　梁用弧　梁　湇　黃　膺　黃紹第

黃曾源　黃昌年　黃　誥　黃慶曾　黃瀚華　黃映奎　黃佛頤　唐　晏

汪兆鏞　汪　洵　汪鍾霖

第十一冊

八　庚

程棫林　程頌萬　程壽保　榮　慶　升　允

十　蒸

曾習經　曾廣鎔

十一　尤

劉嶽雲　劉廷琛　劉世珩　劉之泗　劉錦藻　劉承幹　劉善澤

第十二冊

劉炳照　劉鍾英　周善培　周慶雲　侯學愈　鄒福保　鄒嘉來　鄒宸笙
歐家廉　區大原

十二　侵

林開謩　林思進　金蓉鏡　金兆豐　金文田　金兆璜　金柏銘　金武祥
金鉞

十三　覃

藍鈺

第十三冊

十五　咸

嚴慶祺　嚴昌堉　嚴　修

七　麌

杜本棠

四　紙

水渠成　李登雲　李傳元　李瑞清　李希聖　李宣龔　李國松　李慎修

廣　熒　蔣式芬

二十三　梗

景方昶　耿道冲　壽　耆　沈曾植　沈瑜慶　沈　焜

第十五冊

二十九　豏

范　迪　范襄鵬

二　宋

宋文蔚　宋書升　瑞　洵

四　寘

季逢元

五　未

費崇高　魏　[illegible]

七　遇

顧思溫　顧　臧

第十六冊

四　賀

吉　章　佛昇額　闊普通武　薛寶辰

十　藥

郭振墉　郭立山　石淩漢　麥寶書

十六　葉

葉昌熾　葉泰椿　葉廷枝　葉鴻基

此書體例，大致仿元遺山之《中州集》，錢牧齋之《列朝詩集》，與朱竹《垞明詩綜》。惟不同者，當時迻錄之際，其人尚存耳。人繫簡單小傳，存詩兼存其人。心畬先生爲清宗室，其選擇範圍，僅限於所謂遺老一流，然其中有詩名者亦復不多。詩佳者固多，平平者亦復不少。以一人編纂巨帙，採訪難周。遺漏難免，別裁尤難精當。茲錄此目，以備談詩史者之采擇耳。

近代詩選介／李猷著. -- 修訂版. --臺北市：
臺灣商務, 1995[民84]
面； 公分
ISBN 957-05-1207-5(平裝)

1. 中國詩 - 晚清(1840-1911) - 評論 2. 中國詩 - 民國(1912-) - 評論

821.87 84010299

近代詩選介

定價新臺幣二八〇元

著作者 李猷
責任編輯 王林齡
封面設計 吳郁婷
校對者 陳寶鳳 洪美容
發行人 張連生
出版者
印刷所 臺灣商務印書館股份有限公司
臺北市重慶南路一段三十七號
電話：（〇二）三一一六一一八
傳真：（〇二）三七一〇二七四
郵政劃撥：〇〇〇〇一六五－一號
出版事業登記證：局版臺業字第〇八三六號

・一九七三年四月初版第一次印刷
・一九九五年十一月修訂版第一次印刷

ISBN 957-05-1207-5(平裝) 32038010